台灣の讀者の皆さんへのコメント

海を越えて旅したことのない私の書いた小説が、
海を越えて多くの讀者の皆樣のもとに届いていることを、
心から嬉しく思っています。
この作品も、どうぞお樂しみいただけますように！

致親愛的台灣讀者

從未出國旅行的我，
這次很高興自己寫的小說能跨海與許多讀者見面，
希望這部作品能帶給您無上的閱讀樂趣。

宮部みゆき

遺留的殺意

宮部美幸

王華懋——譯

作品集／74
MIYABE MIYUKI

遺留的殺意

Contents

導讀

進入「宮部美幸館」，就是進入最具原創力與當下性的新新羅浮宮

張亦絢

宮部美幸並不是不容錯過的推理作家——她是不容錯過的作家。

她不只值得我們在休閒時光中，一飽推理之福，也為眾人締造了具有共同語言的交流平台，讓我們得以探討當代的倫理與社會課題。

在這篇導讀中，我派給自己的任務，是在高達六十餘部作品中，挑出若干作品，介紹給兩類讀者，一是還未開始閱讀宮部美幸者；二是面對她龐大的創作體系，雖曾閱讀一二，但對進一步涉獵，感到難有頭緒的讀者。

入門：名不虛傳的基本款

在入門作品上，我推薦《無止境的殺人》、《魔術的耳語》與《理由》。

《無止境的殺人》：對於必須在課業或工作忙碌時間中，抽空閱讀的讀者，短篇集使我們可以自行調配閱讀的節奏——小說其實具備我們在小學時代都曾拿到過的作文題目旨趣：假如我是×××——本作可看成「假如我是某某某的錢包」的十種變奏。擬人化的錢包是敘述者。如何在看似同一主題下，變化出不同的內容，本作也有「趣味作文與閱讀」的色彩，是青春期讀者就適讀的想像力之作。短篇進階則推《希望莊》。從短篇銜接至較易讀的長篇，《逝去的王國之城》則是特

別溫馨的誠摯之作。

《魔術的耳語》：這雖不是作者的首作，但卻是作者在初試啼聲階段，一鳴驚人的代表作。北上次郎以〈閱讀小說的最高幸福〉讚譽，我隔了二十年後重讀，依然認爲如此盛讚，並非過譽。媚工、心智控制、影像——分別代表了古老非正式的「兩性常識」、傳統學科心理學或醫學、以至商業新科技三大面向的操縱現象及後遺症——這三個基本關懷，會在宮部往後的作品，比如《聖彼得的送葬隊伍》中，不斷深入。雖是作者的原點之作，也已大破大立。

《理由》：與《火車》同享大量愛好者的名作；雖然沒有明顯資料顯示，是枝裕和的《小偷家族》受到《理由》一書的影響，但兩者除了有所相通，寫於一九九九年的《理由》更是充分顯露宮部美幸高度預見性天才的作品。住宅、金融與土地——社會派有興趣的主題，偶爾會得到若干作家略嫌枯燥的處理——《理由》則以「無論如何都猜不到」的懸疑與驚悚，令人連一分鐘也不乏味地，就看完了批判經濟體系的上乘戲劇。說它是「推理大師爲你／妳解說經濟學」，還是稍微窄化了這部小說。除了推理經典的地位之外，也建議讀者在過癮的解謎外，注意本作中，無論本格或社會派中，都較少使用的荒謬諷刺手法。

冷門？尺度特別的奇特收穫

接著我想推三部有可能「被猶豫」的作品，分別是：《所羅門的僞證》、《落櫻繽紛》、與《蒲生邸事件》。

《所羅門的僞證》：傳統的宮部美幸迷，都未必排斥她的大長篇，比如若干《模仿犯》的讀者非但不抱怨長度，反而倍受感動。分成三部、九十萬字的《所羅門僞證》可能令人遲疑，節奏太慢？眞有必要？事實上，後兩部完全不是拖拉前作的兩度作續，三部都是堅實縝密的推理。最後一部的模擬法庭，更是將推理擴充至校園成長小說與法庭小說的漂亮出擊：宮部美幸最厲害的「對腦也對心說話」，更是發揮得淋漓盡致。此作還可視爲新世紀的「青春冒險小說」。說到冒險，過去的未成年人會漂到荒島或異鄉，然而現代社會的面貌已大爲改變：最危險的地方，就在「哪都不能去」的學校家庭中。誰會比宮部美幸更適合寫青春版的「環遊人性八十天」？少年少女之於宮部美幸，恰如黑猩猩之於珍古德，或工人之於馬克斯，三部曲可說是「最長也最社會派的宮部美幸」。

《落櫻繽紛》：「療癒的時代劇」，本作的若干讀者會說。但我有另個大力推薦的理由，我認爲，這是通往，小說家從何而來的祕境之書。除了書前引言與偶一爲之的書名，宮部美幸鮮少吊書袋。然而，若非讀過本書，不會知道，她對被遺忘的古書與其中知識的領悟與珍視。如果想知道，小說家讀什麼書與怎麼讀，本書絕對會使你／你驚豔之餘，深受啓發。

《蒲生邸事件》：儘管「蒲生邸」三字略令人感到有距離，然而，融合奇幻、科幻、歷史、愛情元素的本作，卻可說是一舉得到推理圈內外矚目，極可能是擁護者背景最爲多元的名盤。如果對「二二六事件」等歷史名詞卻步，可以完全放下不必要的擔憂。跳脫了「你非關心不可」與「你知道也沒用」兩大陣營的簡化教條，這本小說才會那麼引人入勝。我會形容本書是「最特殊也最親民的宮部美幸」。

以上三部，代表了宮部美幸最恢宏、最不畏冷門與最勇於嘗試的三種特質，它們有那麼一點點專門的味道，但絕對值得挑戰。

中間門：看似一般的重量級

最後，不是只想入門、也還不想太過專門——介於兩者之間的讀者，我想推薦《誰？》、《獵捕史奈克》與《三鬼》三本。

《誰？》：小編輯與大企業的千金成婚，隨時被叫「小白臉」的杉村三郎成爲系列作中，業餘到專業的偵探。看似完全沒有犯罪氣氛的日常中，案中案、案外案——至少有三案會互相交織連鎖——其中還包括一向被認爲不易處理的陳年舊案。喜歡生活況味與懸疑犯罪的兩種讀者，都容易進入；宮部美幸還同時展現了在《樂園》中，她非常擅長的親子或手足家庭悲劇。動機遠比行爲更值得了解——這不但是推理小說的法則，也是討論道德發展的基本認識：不是故意的犯罪、不得已的犯罪與不爲人知的犯罪，爲何發生？又如何影響周邊的人？除了層次井然，小說還帶出了「少女勞動者會被誰剝削？」等記憶死角。儘管案案相連，殘酷中卻非無情，是典型「不犯罪外，也要學會自我保護與生活」的「宮部伴你成長」書。

《獵捕史奈克》：主線包括了《悲嘆之門》或《龍眠》都著墨過的「復仇可不可？」問題。節奏快、結局奇，曾在《魔術的耳語》中出現的「媚工經濟」，會以相反性別的結構出現。本作是在各種宮部之長上，再加上槍隻知識的亮眼佳構。光是讀宮部美幸揭露的「槍有什麼」，就已值回票價——何況還有離奇又合理的布局，使得有如公路電影般的追逐，兼有動作片與心理劇的力道。雖然不同年齡層的男人互助，也還是宮部美幸筆下的風景，但此作中宮部美幸對女性的關愛，已非零星或一閃而過，而有更加溢於言表的顯現。

《三鬼》：《本所深川不可思議草紙》的細緻已非常可觀，《三鬼》驚世駭俗的好，並不只是深刻運用恐怖與妖怪的元素。它牽涉到透過各式各樣的細節，探討舊日本的社會組織與內部殖民。以兼作書名的〈三鬼〉一篇爲例，從窮藩栗山藩到窮村洞森村，令人戰慄的不只是「悲慘世界」，而是形成如此局面背後「不知不動也不思」的權力系統。這是在森鷗外〈高瀨舟〉與〈山椒大夫〉譜系上，更冷峻、更尖銳也可說更投入的揭露——看似「過去事」，但弱勢者被放逐、遺棄、隔離並產生互殘自噬的課題，可一點都不「過去式」。雖然此作最令我想出聲驚呼「萬萬不可錯過」，不代表其他宮部的時代推理，未有其他不及詳述的優點。

透過這種爆發力與續航性，宮部美幸一方面示範了文學的敬業；在另方面，由於她的思考結構具有高度的獨立性與社會批判力，也令人發覺，她已大大改寫了向來只強調「服從與辦事」的「敬業」二字的涵意。在不知不覺中，宮部美幸已將「敬業」轉化爲一系列包含自發、游擊、守望相助精神的傳世好故事。

進入「宮部美幸館」，就是進入最具原創力與當下性的新新羅浮宮。

本文作者簡介

張亦絢

巴黎第三大學電影及視聽研究所碩士。早期作品，曾入選同志文學選與台灣文學選。另著有《我們沿河冒險》（國片優良劇本佳作）、《晚間娛樂：推理不必入門書》、《小道消息》、《看電影的慾望》，長篇小說《愛的不久時：南特／巴黎回憶錄》（台北國際書展大賞入圍）、《永別書：在我不在的時代》（台北國際書展大賞入圍）。二〇一九起，在BIOS Monthly撰寫影評專欄「麻煩電影一下」。

總導讀　傅博

宮部美幸的推理文學世界［增補版］

日本當代國民作家宮部美幸

近年來在日本的雜誌上，偶爾會看到尊稱宮部美幸爲國民作家。怎樣才能榮獲這個名譽呢？好像沒有確切的答案，然而綜觀過去被尊稱爲國民作家的作家生涯便不難看出國民作家的共同特徵。

明治維新（一八六八）一百多年以來，被尊稱爲國民作家的爲數不多，夏目漱石和吉川英治是最早期的國民作家。夏目漱石是純文學大師，其作品具大眾性，一九一六年逝世至今，已歷九十年，其作品在書店仍然可見，代表作有《我是貓》、《少爺》等等。吉川英治是大眾文學大師，其作品有濃厚的思想性，對二次大戰戰敗的日本國民發揮了鼓舞的作用，其著作等身，代表作有《宮本武藏》、《新・平家物語》等等。

屬於戰後世代的國民作家有松本清張和司馬遼太郎。松本清張是社會派推理文學大師，其寫作範圍十分廣泛，除了推理小說之外，對日本古代史研究、挖掘昭和史等，留下不可磨滅的貢獻。司馬遼太郎是歷史文學大師，早期創作時代小說，之後撰寫歷史小說和文化論。這兩位作家的共同特徵是，著作豐富、作品領域廣泛、質與量兼俱。他們的思想對一九六〇年代後的日本文化發揮了影響力。

上述四位之外，日本推理小說之父江戶川亂步、時代小說大師山本周五郎，以及文學史上創作量最多、男女老少人人喜愛的赤川次郎也榮獲國民作家的尊稱。

綜觀以上的國民作家，其必備條件似乎是著作豐富、多傑作；作品具藝術性、思想性、社會性、娛樂性、普遍性；讀者不分男女，長期受到廣泛的老、中、青、少、勞動者以及知識分子的閱讀。

宮部美幸出道至今未滿二十年，共出版了四十三部作品，包括四十萬字以上的巨篇八部、長篇二十四部、中篇集四部、短篇集十三部，非小說類有繪本兩冊、隨筆一冊、對談集一冊。以平均每年出版兩冊的數量來說，在日本並非多產作家，但是令人佩服的是，其寫作題材廣泛、多樣，品質又高，幾乎沒有失敗之作。所獲得的文學獎與同世代作家相較，名列第一，該得的獎都拿光了。質的成功與量成比例，是宮部美幸文學的最大武器，也是獲得國民作家之稱的最大因素。

宮部美幸，本名矢部美幸，一九六〇年十二月二十三日生於東京都江東區深川。東京都立墨田川高中畢業之後，到速記學校學習速記，並在法律事務所上班，負責速記，吸收了很多法律知識。一九八四年四月起在講談社主辦的娛樂小說教室學習創作。

一九八七年，〈鄰人的犯罪〉獲第二十六屆《ＡＬＬ讀物》推理小說新人獎，〈鎌鼬〉獲第十二屆歷史文學獎佳作。一位新人，同年以不同領域的作品獲得兩種徵文比賽獎項實爲罕見。

前者是透過一名少年的觀點，以幽默輕鬆的筆調記述和舅舅、妹妹三人綁架小狗的計畫所引發的意外事件，是一篇以意外收場取勝的青春推理佳作，文風具有赤川次郎的味道。後者是以德川幕府時代的江戶（今東京）爲時空背景的時代推理小說。故事記述一名少女追查試刀殺人的凶手之經過，全篇洋溢懸疑、冒險的氣氛。

要認識一位作家的本質，最好的方法就是閱讀其全部的作品。當其著作豐厚，無暇全部閱讀時，則是先閱讀其處女作，因爲作家的原點就在處女作。以宮部美幸爲例，其作品裡的偵探，不管是系列偵探或個案偵探，很少是職業偵探，大多是基於好奇心，欲知發生在自己周遭的事件眞相，而做起偵探的業餘偵探，這些主角在推理小說是少年，在時代小說則是少女。其文體幽默輕鬆，故事收場不陰冷而十分溫馨，這些特徵在其雙線處女作之中已明顯呈現。

繼處女作之後的作品路線，即須視該作家的思惟了；有的一生堅持一條主線，不改作風，只追求同一主題，日本的推理小說家大多屬於這種單線作家——解謎、冷硬、懸疑、冒險、犯罪等各有專職作家。

另一種作家就不單純了，嘗試各種領域的小說，屬於這種複線型的推理作家不多，宮部美幸即是罕見的複線型全方位推理作家。她發表不同領域的處女作——推理小說和時代小說——同時獲得肯定，登龍推理文壇之後，此雙線成爲宮部美幸的創作主軸。

一九八九年，宮部美幸以《魔術的耳語》獲得第二屆日本推理懸疑小說大獎，拓寬了創作路線，由此確立推理作家的地位，並成爲暢銷作家。

宮部美幸作品的三大系統

這次宮部美幸授權獨步文化出版社，發行台灣版「宮部美幸作品集」二十七部（二十三部中有四部分爲上下兩冊），筆者以這二十三部爲主，按其類型分別簡介如下。

要完整歸類全方位作家宮部美幸的作品實非易事，然其作品主題是推理則毋庸置疑。筆者綜合故事的時空背景以及現實與非現實的題材，將它分爲三大系統。第一類爲推理小說，第二類時代小說，第三類奇幻小說，而每系統可再依其內容細分爲幾種系列。

一、推理小說系統的作品

宮部美幸的出道與新本格派崛起（一九八七年）是同一時期，早期作品除可能受此影響之外，文體、人物設定、作品架構等，可就是受到赤川次郎的影響了。所以她早期的推理小說大多屬於青春解謎的推理小說；許多短篇沒有陰險的殺人事件登場，大多是以日常生活中的家庭糾紛爲主題，屬於日常之謎系列的推理小說不少。屬於本系列的有：

1.《鄰人的犯罪》（短篇集，一九九〇年一月出版）收錄處女作以及之後發表的青春推理短篇四篇。早期推理短篇的代表作。

2.《完美的藍——阿正事件簿之一》（長篇，一九八九年二月出版／獨步文化版．宮部美幸作品集01——以下只記集號）「元警犬系列」第一集。透過一隻退休警犬「阿正」的觀點，描述牠與現在的主人——蓮見偵探事務所調查員加代子——的辦案過程。故事是阿正和加代子找到離家出走的少年，在將少年帶回家的途中，目睹高中棒球明星球員（少年的哥哥）被潑汽油燒死的過程。在搜查過程中浮現的製藥公司的陰謀是什麼？「完美的藍」是藥品名。具社會派氣氛。

3.《阿正當家——阿正事件簿之二》（連作短篇集，一九九七年十一月出版／16）「前警犬系列」第二集。收錄〈動人心弦〉等五個短篇，在第五篇〈阿正的辯白〉裡，宮部美幸以事件委託人登場。

4.《這一夜，誰能安睡？》（長篇，一九九二年二月出版／06）「島崎俊彥系列」第一集。透過中學一年級生緒方雅男的觀點，記述與同學島崎俊彥一同調查一名股市投機商贈與雅男的母親五億圓後，接獲恐嚇電話、父親離家出走等事件的眞相，事件意外展開、溫馨收場。

5.《少年島崎不思議事件簿》（長篇，一九九五年五月出版／13）「島崎俊彥系列」第二集。在秋天的某個晚上，雅男和俊男兩人參加白河公園的蟲鳴會，主要是因爲雅男想看所喜歡的工藤小姐一眼，但是到了公園門口，卻碰到殺人事件，被害人是工藤的表姊，於是兩人開始調查眞相，發現事件背後的賣春組織。具社會派氣氛。

6.《無止境的殺人》（長篇，一九九二年九月出版／08）將錢包擬人化，由十個錢包輪流講自己所見的主人行爲而構成一部解謎的推理小說。人的最大欲望是金錢，作者功力非凡，藉由放錢的錢包揭開十個不同的人格，而構成解謎之作，是一部由連作構成的異色作品。

7.《繼父》（連作短篇集，一九九三年三月出版／09）「繼父系列」第一集。一個行竊失風的小偷，摔落至一對十三歲雙胞胎兄弟家裡，這對兄弟的父母失和，留下孩子各自離家出走，於是兄弟倆要求小偷當他們的爸爸，否則就報警，將他送進監獄，小偷不得已，承諾兄弟倆當繼父。不久，在這奇妙的家庭裡，發生七件奇妙的事件，他們全力以赴解決這七件案件。典型的幽默推理小說集。

8.《寂寞獵人》（連作短篇集，一九九三年十月出版／11）「田邊書店系列」第一集。以第三人稱多觀點記述在田邊舊書店周遭所發生的與書有關的謎團六篇。各篇主題迥異，有命案、有日常之謎、有異常心理、有懸疑。解謎者是田邊舊書店店主岩永幸吉和孫子稔。文體幽默輕鬆，但是收場不一定明朗，有的很嚴肅。

9.《誰？》（長篇，二〇〇三年十一月出版／30）「杉村三郎系列」第一集。今多企業集團會長今多嘉親之司機梶田信夫被自行車撞死，信夫有兩個未出嫁的女兒，聰美與梨子。梨子向今多會長提議，要出版父親的傳記，以找出嫌犯。於是，今多要求在集團廣報室上班的女婿杉村三郎協助姊妹倆出書事務。聰美卻反對出書，杉村認爲兩姊妹不睦，藏有玄機，他深入調查，果然……

10.《無名毒》（長篇，二〇〇六年八月出版／31）「杉村三郎系列」第二集。今多企業集團廣報室臨時僱用的女職員原田泉與總編吵架，寄出一封黑函後，即告失蹤。原田的性格原來就稍有異常，今多會長要求杉村三郎調查眞相。杉村到處尋找原田的過程中，認識曾經調查過原田的私家偵探北見一郎，之後杉村在北見家裡遇到「隨機連環毒殺案」第四名犧牲者的孫女古屋美知香，於是捲入毒殺事件的漩渦中。杉村探案的特徵是，在今多會長叫他處理公務上的糾紛過程中，因其正義感使他去解決另外的事件。

以上十部可歸類爲解謎推理小說，而從文體和重要登場人物等來歸類則是屬於幽默推理、青春推理爲多。屬於這個系列的另有以下兩部。

11.《地下街的雨》（短篇集，一九九四年四月出版／66）。

12.《人質卡農》（短篇集，一九九六年一月出版）。

以下九部的題材、內容比較嚴肅，犯罪規模大，呈現作者的社會意識。有懸疑推理、有社會派推理、有報導文體的犯罪小說。

13.《魔術的耳語》（長篇，一九八九年十二月出版／02）獲第二屆日本推理懸疑小說大獎的社會派推理傑作。三起看似互不相干的年輕女性的死亡案件，和正在進行的第四起案件如何演變成連續殺人案。十六歲的少年日下守，爲了證實被逮捕的叔叔無罪，挑戰事件背後的魔術師的陰謀。宮部美幸早期代表作。

14.《Level 7》（長篇，一九九〇年九月出版／03）一對年輕男女在醒來之後失去記憶，手臂上被印上「Level 7」；一名高中女生在日記留下「到了 Level 7 會不會回不來」之後離奇失蹤。尋找自我的男女，和尋找失蹤女高中生的眞行寺悅子醫師相遇，一起追查 Level 7 的陰謀。兩個事件錯綜複雜，發展爲殺人事件。宮部後期的奇幻推理小說的先驅之作、早期代表作。

15.《獵捕史奈克》（長篇，一九九二年六月出版／07）持散彈槍闖入大飯店婚宴的年輕女子關沼慶子、欲利用慶子所持的槍犯案的中年男子織口邦男、欲阻止邦雄陰謀的青年佐倉修治、欲去探望臥病妻子的優柔寡斷的神谷尚之、承辦本案的黑澤洋次刑警，這群各有不同目的的人相互交錯，故事向金澤之地收束。是一部上乘的懸疑推理小說。

16.《火車》（長篇，一九九二年七月出版）榮獲第六屆山本周五郎獎。停職中的刑警本間俊介受親戚栗坂和也之託，尋找失蹤的未婚妻關根彰子，在尋人的過程中，發現信用卡破產猶如地獄般的現實社會，是一部揭發社會黑暗的社會派推理傑作，宮部第二期的代表作。

17.《理由》（長篇，一九九八年六月出版）二〇〇一年榮獲第一百二十屆直木獎和第十七屆日本冒險小說協會大獎。東京荒川區的超高大樓的四十樓發生全家四人被殺害的事件。然而這被殺的四人並非此宅的住戶，而這四人也不是同一家族，沒有任何血緣關係。他們爲何僞裝成家人一起生活？他們到底是什麼人？又想做什麼？重重的謎團讓事件複雜化，事件的眞相是什麼？一部報導文學形式的社會派推理傑作。宮部第二期的代表作。

18.《模仿犯》（百萬字長篇，二〇〇一年四月出版）同時榮獲第五十五屆每日出版文化獎特別獎，二〇〇二年同時榮獲第五屆司馬遼太郎獎和二〇〇一年度藝術選獎文部科學大臣獎文學部門獎。在公園的垃圾堆裡，同時發現女性的右手腕與一名失蹤女性的皮包，不久凶手打電話到電視公司和失主家中，果然在凶手所指示的地點發現已經化爲白骨的女性屍體，是利用電視新聞的劇場型犯罪。不久，表面上連續殺人案一起終結，之後卻意外展開新局面。是一部揭發現代社會問題的犯罪小說，宮部文學截至目前爲止的最高傑作，推理文學史上的不朽名著。

19.《R．P．G》（長篇，二〇〇一年八月出版／22）在食品公司上班的所田良介於杉並區的建築工地被刺死，在他的屍體上找到三天前在澀谷區被絞殺的大學女生今井直子身上所發現的同樣纖維，於是兩個轄區的警察組成共同搜查總部，而曾經在《模仿犯》登場的武上悅郎則與在《十字火焰》登場的石津知佳子連袂登場。是一部現今在網路上流行的虛擬家族遊戲爲主題的社會派推理小說。

宮部美幸的社會派推理作品尚有：

20.《刑警家的孩子》（長篇，一九九〇年四月出版／65）。

21.《不需要回答》（短篇集，一九九一年十月出版／37）。

二、時代小說系統的作品

時代小說是與現代小說和推理小說鼎足而立的三大大眾文學。凡是以明治維新之前爲時代背景的小說，總稱爲時代小說或歷史．時代小說。

時代小說視其題材、登場人物、主題等再細分爲市井、人情、股旅（以浪子的流浪爲主題）、劍豪、歷史（以歷史上的實際人物爲主題）、忍法（以特殊工夫的武鬥爲主題）、捕物等小說。

捕物小說又稱捕物帳、捕物帖、捕者帳等，近年推理小說的範疇不斷擴大，將捕物小說稱爲時代推理小說，歸爲推理小說的子領域之一。捕物小說的創作形式是日本獨有，其起源比日本推理小說早六年。一九一七年，岡本綺堂（劇作家、劇評家、小說家）發表《半七捕物帳》的首篇作〈阿文的魂魄〉，是公認的捕物小說原點。

據作者回憶，執筆《半七捕物帳》的動機是要塑造日本的福爾摩斯——半七，同時欲將故事背景的江戶的人情和風物以小說形式留給後世。之後，很多作家模仿《半七捕物帳》的形式，創作了很多捕物小說。

由此可知，捕物小說與推理小說的不同之處是以江戶的人情、風物爲經，謎團、推理爲緯而構成的小說。因此，捕物小說分爲以人情、風物爲主，與謎團、推理取勝的兩個系統。前者的代表作是野村胡堂的《錢形平次捕物帳》，後者即以《半七捕物帳》爲代表。

宮部美幸的時代小說有十一部，大多屬於以人情、風物取勝的捕物小說。

22.《本所深川不可思議草紙》（連作短篇集，一九九一年四月出版／05）「茂七系列」第一集。榮獲第十三屆吉川英治文學新人獎。江戶的平民住宅區本所深川，有七件不可思議的事象，作者以此七事象爲題材，結合犯罪，構成七篇捕物小說。破案的是回向院捕吏茂七，但是他不是主角，每篇另有主角，大多是未滿二十歲的少女。以人情、風物取勝的時代推理佳作。

23.《幻色江戶曆》（連作短篇集，一九九四年八月出版／12）以江戶十二個月的風物詩爲題，結合犯罪、怪異構成十二篇故事。以人情、風物取勝的時代推理小說。

24.《最初物語》（連作短篇集，一九九五年七月出版，二〇〇一年六月出版珍藏版，增補一篇作品／21）「茂七系列」第二集。以茂七爲主角，記述七篇茂七與部下系吉和權三辦案的經過，作者在每篇另有記述與故事沒有直接關係的季節食物掌故，介紹江戶風物詩。人情、風物、謎團、推理並重的時代推理小說。

25.《顫動岩——通靈阿初捕物帳1》（長篇，一九九三年九月出版／10）「阿初系列」第一集。破案的主角是一名具有通靈能力的十六歲少女阿初，她看得見普通人看不見的東西，而且一般人聽不到的聲音也聽得到。某日，深川發生死人附身事件，幾乎與此同時，武士住宅裡的岩石開始顫動。這兩件靈異事件是否有關聯？背後有什麼陰謀？一部以怪異取勝的時代推理小說。

26.《天狗風——通靈阿初捕物帳2》（長篇，一九九七年十一月出版／15）「阿初系列」第二集。天亮颳起大風時，少女一個一個地消失，十七歲的阿初在追查少女連續失蹤案的過程中遇到邪惡的天狗。天狗的眞相是什麼？其陰謀是什麼？也是以怪異取勝的時代推理小說。

27.《糊塗蟲》（長篇，二〇〇〇年四月出版／19．20）「糊塗蟲系列」第一集。深川北町的鐵瓶大雜院發生殺人事件後，住民相繼失蹤，是連續殺人案？抑或另有陰謀？負責辦案的是怕麻煩的小宮井筒平四郎，協助他破案的是聰明的美少年弓之助。本故事架構很特別，作者先在冒頭分別記述五則故事，然後以一篇長篇與之結合，構成完整的長篇小說。以人情、推理並重的時代推理傑作。

28.《終日》（長篇，二〇〇五年一月出版／26・27）「糊塗蟲系列」第二集。故事架構與第一集一樣，在冒頭先記述四則故事，然後與長篇結合。負責辦案的是糊塗蟲井筒平四郎，協助破案的除了弓之助之外，回向院茂七的部下政五郎也登場，作者企圖把本系列複雜化，或許將來作者會將幾個系列納爲一大系列。也是人情、推理並重的時代推理小說。

以上三系列都是屬於時代推理小說。案發地點都在深川，但是每系列各具特色，有以風情詩取勝，也有以人際關係取勝，也有怪異現象取勝，作者實爲用心良苦。宮部美幸另有四部不同風格的時代小說。

29.《扮鬼臉》（長篇，二〇〇二年三月出版／23）深川的料理店「舟屋」主人的獨生女阿鈴發燒病倒，某日一個小女孩來到其病榻旁，對她扮鬼臉，之後在阿鈴的病榻旁連續發生可怕又可笑的不可思議的事，於是阿鈴與他人看不見的靈異交流。一部令人感動的時代奇幻小說佳作。

30.《怪》（奇幻短篇集，二〇〇〇年七月出版／67）。

31.《鎌鼬》（人情短篇集，一九九二年一月出版／69）。

32.《忍耐箱》（人情短篇集，一九九六年十一月出版／41）。

33.《孤宿之人》（長篇，二〇〇五年出版／28・29）。

三、奇幻小說系統的作品

史蒂芬．金的恐怖小說和奇幻小說《哈利波特》成爲世界暢銷書後，原處於日本大眾文學邊緣的奇幻小說獲得成長發展的機會，漸漸確立其獨立地位，而宮部美幸的奇幻小說就在這欣欣向榮的機運中誕生。她的奇幻作品特徵是超越領域與推理小說結合。

34.《龍眠》（長篇，一九九一年二月出版／04）榮獲第四十五屆日本推理作家協會獎的長篇獎。週刊記者高坂昭吾在颱風夜駕車回東京的途中遇到十五歲的少年稻村愼司，少年告訴記者：「我具有超能力。」他能夠透視他人心理，愼司爲了證明自己的超能力，談起幾個鐘頭前發生的事件眞相，從此兩人被捲入陰謀。是一部以超能力爲題材的奇幻推理傑作，宮部早期代表作。

35.《十字火焰》（長篇，一九九八年十一月出版／17．18）青木淳子具有「念力放火」的超能力。有一天她撞見了四名年輕人欲殺害人，淳子手腕交叉從掌中噴出火焰殺害了其中的三個人，另一個逃走了。勘查現場的石津知佳子刑警，發現焚燒屍體的情況與去年的燒殺案十分類似。也是一部以超能力爲題材的奇幻推理大作。

36.《蒲生邸事件》（長篇，一九九六年十月出版／14）榮獲第十八屆日本SF大獎。尾崎孝史爲了應考升學補習班上京，其投宿的飯店發生火災，因而被一名具有「時間旅行」的超能力者平田次郎搭救到一九三六年二月二十六日的二．二六事件（近衛軍叛亂事件）現場，兩名來自未來的訪客能否阻止起義而改變歷史？也是一部以超能力爲題材的奇幻推理大作。

37.《勇者物語——Brave Story》（八十萬字長篇，二〇〇三年三月出版／24．25）念小學五年級的三谷亘的父母不和，正在鬧離婚，有一天他幻聽到少女的聲音，決心改變不幸的雙親命運，打開幽靈大廈的門，進入「幻界」到「命運之塔」。全書是記述三谷亘的冒險歷程。一部異界冒險小說大作。

除了以上四部大作之外，屬於奇幻小說的作品尚有以下四部：

38.《鴿笛草》（中篇集，一九九五年九月出版）。

39.《僞夢1》（中篇集，二〇〇一年十一月出版）。

40.《僞夢2》（中篇集，二〇〇三年三月出版）。

41.《ＩＣＯ——霧之城》（長篇，二〇〇四年六月出版）。

以上三十九部是小說。另有四部非小說類從略。

如此將宮部美幸自一九八六年出道以來，一直到二〇〇五年底所出版的作品，歸類爲三系統後，再按時序排列，便很容易看出作者二十年來的創作軌跡，也可預見今後的創作方向。請讀者欣賞現代，期待未來。

二〇〇七・十二・十二

本文作者簡介

傅博

文藝評論家。另有筆名島崎博、黃淮。一九三三年出生，台南市人。於早稻田大學研究所專攻金融經濟。在日二十五年以島崎博之名撰寫作家書誌、文化時評等。曾任推理雜誌《幻影城》總編輯。一九七九年底回台定居。主編「日本十大推理名著全集」、「日本推理名著大展」、「日本名探推理系列」以及「日本文學選集」（合計四十冊，希代出版）。二〇〇九年出版《謎詭・偵探・推理——日本推理作家與作品》（獨步文化），是台灣最具權威的日本推理小說評論文集。

遺留的殺意

1

起初，只有腳步聲而已。過了相當久的一段時間，才開始看到人影。

腳步聲也是，一開始聽起來很遙遠。在學生都放學回家的漫長走廊上、高高的天花板上隱約作響。空蕩蕩的校舍裡，細微的聲音可以傳到意想不到的遠方。

有一次，放學後我一個人留在寂靜無聲的校內整理團體健檢的紀錄，這時某處傳來吊環球的聲音，讓我好奇得不得了。在我小時候，吊環球這種玩具爆炸性大流行，但現代小孩子不可能玩什麼吊環球。一定是其他東西製造出來的聲音——我這麼想。

但那聲音怎麼聽都是吊環球，儘管偶有停頓，斷斷續續，仍沒完沒了地響著。雖然也不是格外刺激神經，但最後我敗給了「那真的是吊環球嗎？」的好奇心，離開保健室，儘管覺得可笑，仍找遍全校每一個角落。最後發現兩個四年級的男生在後院角落沉迷於吊環球。

「好稀奇喔。是家裡的東西嗎？」

「嗯，我媽整理倉庫找到的。老師，這是這樣玩的，對吧？」

吊環球結構單純，只是以長線連接兩顆塑膠球而成，但它曾經風靡了許多人的心。我也是其中之一。

「老師，妳怎麼知道我們在這裡？」

「我聽到聲音，到處找了好久。」

「咦，連保健室都聽得到嗎？好厲害。」

「好懷念喔。」

「老師要玩嗎？玩給我們看！」

我就像回到了十幾年前，和孩子們玩了起來。

「能夠被想起來，這個玩具也很開心吧。」

一個孩子說，另一個笑了：

「老師，妳小時候都努力叩叩叩玩這個嗎？老師居然會沉迷在這麼簡單的遊戲裡，真不敢相信。」

「就是說呢。現在想想，真不可思議。」

我回去保健室以後，孩子們仍繼續玩球。叩、叩、叩。就好像來自往昔的忙碌使者，在那裡蹬著後腳跟。

把門打開！快點想起我！我一直在等待！

那腳步聲也完全一樣。

第一次注意到那聲音時，我也是一個人留下來工作。因爲那個月的月底要召開家長說明會，說明秋季舉辦的團體流感接種事宜，必須先製作資料。

我人在會議室裡。將許多資料各影印二十幾份，擺在寬闊的桌面上，依序整理好，用釘書機釘起來。這是很單調的手工作業，不必動腦，所以我的心思盤桓在其他事情上。

我在想，如果能殺人的話，該有多好。

我想殺掉一個人。是個年輕女人。比我年輕許多，但並未年幼到無法考駕照，也沒有小到無法開車殺人。肇事的時候，她十八歲三個月。

她殺死的是我的未婚夫。距離婚禮只剩下一個月時，我的未婚夫被忽略單行道標誌，直衝而來的她的車硬生生撞上了。

那是一條T字路，他小心地盯著反光鏡，正準備慢慢發車。那條路他再熟悉不過了。是從左向右通行的單行道，所以他萬萬想不到會有車子從右邊出現。然而女人的車卻從右邊直衝而來。

醫生安慰說，因爲是當場斃命，應該沒有經歷痛苦。警察表情難過地說，實在是太倒楣了。事後我才悟出，警察的態度會那麼同情，是因爲他很清楚這起事故會被如何處理。

十八歲又三個月的女人幾乎沒什麼罪。只有一開始，司法表現出彷彿要懲罰她的態度，但那只是表面上而已。她未成年，考取駕照才一個半月，所以即使無視單行道標誌、在限速十公里的學區開出四十公里時速，也沒有人能苛責。

就算她殺了一個人，也沒有人能苛責。

從頭到尾，她對我沒有一句道歉。只是一臉蒼白，被道貌岸然的父親摟著肩膀，不發一語。她沒有參加守靈和葬禮，每次見面，都躲在律師和父親背後，臉上頂著全妝，指上塗著蔻丹。服裝也總是無懈可擊，偶爾掏出來拭淚的手帕，也是精選和上衣搭配的顏色。絲襪也看不到任何脫紗痕跡。

他的父母接受了和解條件，因此我完全無可奈何。我甚至無法在人前大哭大叫。因爲有人說，要是我這麼做，只會讓他被留下的家人更傷心。

對方也會付我一些賠償金，儘管我一點都不想要，但還是收下了。不過，我不覺得收這筆錢有何意義，也不打算被束縛。我把那筆錢原封不動捐給車禍遺孤的育英基金會，思考我自己的解決方式。

一句話就好，我希望她向我道歉，說她絕對不會再犯。絕對不能讓她以爲用錢解決了他的生命和我的將來。只是這樣而已。

我開始追蹤她。我前往她讀的大學、住家、打工的地方，我想要不斷地現身在她面前提醒她，直到她徹底領悟自己犯下的罪有多重。

她害怕起來，威脅要報警，身邊有伴的時候，就抱住對方的肩頭哭泣，大罵：「這個瘋女人！」不管她對我做什麼都無所謂，我不爲所動。因爲我已經沒有任何可以毀壞、失去的事物了。

某天，律師把我叫去，亮出一份文件。是我的律師。他一臉凝重，說：我瞭解妳的感受，但妳已經跟對方談好了，往後不能爲這件事打擾對方，或談論車禍、不當中傷對方。

「我沒有答應這種事。」

「可是，妳已經簽字蓋章了。這是妳的字。」

「這種東西沒有意義。」

「不能這樣的。這是法律規定，不是有人耍手段騙了妳。」

「但法律沒有懲罰她。那根本不叫法律。」

「她還未成年，還是個孩子，而妳是懂事的大人了。請妳恢復理智好嗎？」

「就沒有法律能懲罰小孩子開車撞死人嗎？」

律師搖了搖頭，說：

「她已經充分得到懲罰了。因爲即使是過失，她一輩子都必須背負殺了人的事實。」

家人帶我去看醫生，醫生開藥給我，沒有擺出治療我的架子，而是陪我說話。我辭掉工作，家人帶我四處旅行。慢慢地，我重拾笑容，開始吃飯，晚上也睡得了。每個人都放下心來，高興地說我終於可以跨出新的一步了。

或許那個時候眞的是這樣。如果像那樣熾烈地燃燒憎恨的能量，任誰遲早都會燃燒殆盡，精疲力竭，稍微冷卻下來。我動輒流淚，每次哭泣，都覺得有什麼從自己的體內流走。一開始我哭上一整晚。接下來哭了四小時，淚就乾了。再下一次，哭了兩小時我就去洗臉了。然後，當我終於可以克制淚水，我脫離了朦朧的迷霧，開始思考過生活這件事。

我搬了家，在熟人熱心介紹下，進入現在這所小學當保健老師。是正式教師產假期間的代理，但我覺得作爲起步，這份工作很理想。我喜歡小孩，也喜歡這份工作。

然後今年夏天結束的時候，我可以抬頭挺胸地回顧那場車禍了。

所以，我想要試試自己。再一次，再一次就好，去見她吧。然後冷靜地、平心定氣地，簡明扼要地告訴她我有多麼悲痛、有多麼恨她。然後就畫下句點吧。就以能不能做到，來當作對自己的測試吧。我一定做得到——我心想。

那是九月中旬，一個金風終於送爽的週末。

我拜訪的時候，她人在自家的車棚裡。在**車棚**裡。她穿著色彩搶眼的休閒衫，剪短的牛仔褲底下露出一雙曬成健康褐色的腳，正在洗車。

不是她的車。因爲我聽說那臺車撞到稀巴爛，甚至無法修理，直接送去報廢了。那臺車等於是代替她死了。

那應該是家人的車。她在洗車。牛仔褲口袋裡塞著隨身聽，兩耳垂著耳機線，身體配合著只有她聽得見的音樂晃動著，一邊洗車一邊哼歌。

我當場掉頭，離開現場。我無法呼吸，腳步愈來愈快，不知不覺間，我佇立陌生街角。還是不行。我心想。

她曬得很黑。她在哼歌。我不希望她再曬黑。我不希望她再配合音樂晃動身體。

我想殺了她——這個念頭首次浮上心頭。

從這個時候開始，我過起了雙重的生活。在我的體內，過著普通人生活的時間，與全副心神都在構思複雜殺人計畫的時間天衣無縫地共存著。一邊成爲另一邊的能量，一邊成爲另一邊的安全閥。

然而實際上，我似乎沒辦法殺人。

儘管心想要是宰了她，不知道會有多痛快，我卻無法付諸實行。三更半夜，一個人盯著漆黑的天花板時，我覺得不管是拿剃刀割斷她的脖子，或是把她從頂樓推落，都是輕而易舉。然而隨著天色漸曙，驅策著我的負面能量，也如同星星在黎明的朝陽前黯然失色，風流雲散，大概是跑去夜晚在白晝躲藏的地點，和黑暗一同沉睡了。

爲什麼沒辦法殺她？——我在白晝的光中，總是納悶著這個問題。明明要是能殺了她，絕對會是全天下最美好的事。

我不是擔心家人朋友會傷心，也不是害怕被逮捕。我只是不甘心。如果殺了她，我就成了加害人。會變成和她一樣受人唾棄的殺人凶手。墮落到跟她一樣的境地，讓我無比地不甘、難忍。我只會在新聞中被指名道姓、公布照片，譏諷地被形容成「心狠手辣的女人」，不會有人理解我的心情。除非背棄現在這舒適的生活、成爲千夫所指的加害人，否則就無法報仇雪恨，這實在太不公平。

因此絕對無法實行的殺人計畫變得愈來愈精巧、愈來愈殘酷。蓄積在內心的憎恨，變得比活生生的我的體重更要沉重，就宛如黑洞，將我孤枕難眠的夜晚漆黑思緒全數吸收殆盡，一天比一天更加淬鍊。

就是在這個時候，我聽見了那孩子的腳步聲。

2

腳步聲從遠方靠近了。

只要是孩子還小的父母或教師，都可以立刻聽出來。是柔軟的橡皮底運動鞋碰撞地板的聲音。節奏十足、小跳步似地走下樓梯，從走廊跑過來。

這所學校的校舍屋齡已二十五年。走廊全鋪木板，天花板很高，因此腳步聲特別響亮。校舍已經老朽，管線也都老舊了，廁所和洗手檯老是有地方在滴水。東京都內的學校，每一所皆是如此，爲了盡量利用狹小的土地，讓操場寬敞些，都把建築物蓋到四樓左右，將體育館和室內泳池放到樓上，但在這所學校，這兩處和校舍分開。體育館的牆上貼著警告標示「危險！不可以用球丟天花板」，引起參觀的家長苦笑。戶外泳池兼消防用水，因此一整年都不會抽乾，現在這季節，水面整個被大量的銀杏落葉覆蓋了。

跑過這樣一所老學校漫長走廊、孤單而輕巧的腳步聲。

但一開始我還是漫不經心地未加留意，繼續工作。即使注意到，也只覺得：啊，還有學生留在學校。

我開始在意，是因爲發現那道腳步聲總是來到我所在的保健室附近，就突然停住了。如果有事，應該會開門，也會出聲叫人吧。保健室對孩子來說就像是避難所，因此不可能有害怕而不敢進來的狀況。

好奇怪……正當我這麼想，腳步聲幾乎來到門的前方了。

而且路線總是一樣。走下階梯，在倒數幾階跳下來，在走廊右轉，筆直來到保健室前。咚咚咚、噠噠噠。

然後在門前停步。

某天，腳步聲停在門前時，我終於站了起來，慢慢地把門打開。因爲我覺得如果突然開門，會嚇到走廊上某位害羞的小朋友。

然而門外沒有半個人。左右延伸的木板地走廊上，就只有輕柔地射進來的十月底陽光。還有斷斷續續的呼喊聲，也許是孩子們在放學後的操場玩躲避球。

「有人嗎？」我出聲，但沒有回應。

再下一次的時候，是上課時間聽到的。平日上午，保健室裡不只我一個人，白布屏風另一頭，躺著一個說她頭痛的六年級女生。

腳步聲從樓梯下來了。噠噠，從樓梯跳下走廊，轉換方向，運動鞋的橡皮底擦出「啾」一聲。

靠近了。腳步很活潑。我悄悄離開椅子，出去走廊，滑進對面體育器材室的門內。我自己也有些調皮起來，準備像這樣躲在門後，嚇唬發出腳步聲而來的小朋友。

我透過約五公分的門縫持續觀察走廊。腳步靠近了。咚、咚、咚。應該可以看到人影了。

可是，沒有人。沒有任何人來。

然後腳步聲中斷了。就在保健室前。

我把門縫開得更大一些，探出頭張望走廊。沒有小孩。腳步聲確實就停在近處，卻看不到任何人。我離開體育器材室，左顧右盼。從走廊一頭走到另一頭，還站在通往二樓的樓梯口，仰望樓上。

沒有人。

我納悶地歪著頭折回保健室。看看蜷縮在床上的女生，她張著眼睛，已經醒了。

「覺得怎麼樣？」

「嗯。老師，好像好一點了。」

我點點頭，忽然想到一問：「欸，妳剛剛有聽見走廊上的腳步聲嗎？」

女生搖搖頭：「沒有。我什麼都沒聽見。」

「這樣啊……」

但不可能聽錯。我難以釋然，再次開門，右手抓著門把探頭看走廊，結果空著的左手感覺到一隻小手飛快鑽進門內。手指冰涼，手掌柔軟且富有彈性。那隻小手輕捏了一下我的手，馬上就放開了。

我驚訝地俯視，又聽見腳步聲了。輕巧的腳步聲從我的腳邊朝通往操場的走廊離去，就好像原本站在身旁的孩子丟下一句「老師再見」，跑掉一樣。

明明什麼都沒看見。

我急忙追上腳步聲。大人的腳程應該完全可以追上。然而彎過轉角，來到通往操場的對開玻璃門前，依然連小孩子的鞋跟都沒瞄見。

心臟開始怦怦亂跳起來。好久沒有這樣了。我還以爲我的心臟老早就放棄反映感情，不打算劇烈鼓動了。

這裡是一個小門廳，整齊排列著高年級生的鞋櫃。我在一排又一排的鞋櫃間穿梭、探看，就像在尋找玩捉迷藏的小孩。

「是誰？快出來。」

我出聲，瞬間有人在背後「咯咯」一笑。是震動喉嚨、某個年齡以下肌肉尚不發達的孩子才有辦法發出的稚嫩笑聲。

四下張望，離我最遠的鞋櫃後方露出小孩子的臉。

我怔了一下，接著鬆了一口氣。這孩子怎麼這麼調皮？

「嘿！」我雙手扠在白袍腰際，擺出瞪人的姿勢。「現在是上課時間。」

孩子又笑了。他縮起脖子，瞇起眼睛，就像被人搔下巴一樣，笑得眞的好開心。

是個小男生。臉蛋很可愛。顴骨高高的，眼睛圓溜溜。看上去像三年級生。

我的腦中響起孩子的聲音：

「老師，過來這裡。」

我迅速左顧右盼。小男生從剛才就一直在笑。我聽到他的聲音，卻沒看見他的小嘴唇張動，做出說「過來這裡」的唇形。然而聽得到話聲。是不是還有其他人？

不，沒有人。這裡就只有我和那個小男生而已。

視線轉回小男生那裡，他從鞋櫃後面出來了。他穿著大領子的白襯衫，底下是黑色系的短褲。襯衫是短袖，也沒有穿襪子。白底運動鞋的後鞋幫踏扁了，可以清楚地看見纖細的腳踝和腳跟。腳踝很細，感覺一手就可以握住。

「欸……」

我踏出一步，小男生稍微後退，又發出咯咯笑聲。襯衫胸口有印著校徽的名牌。我再靠近一步，想要看名字，但小男生掉轉身子，躲進鞋櫃後面了。

我跑向那裡。

「喂，給我出來……」

不見了。消失了。聲音代替人影，再次在腦海中響起：

「老師，來玩。來游泳池玩。」

我呆在原地。心跳又加速了。三樓音樂室傳來學生們合唱「晚空天晴……」的歌聲。

這天下午和晚上，那個小男生的聲音都在我的腦中深處作響。我看見他了。「老師，來玩啊，來玩嘛。快點來游泳池。我給妳看好東西。」

我在夢裡聽到這聲音，好幾次都被驚醒。
隔天早上起床整理儀容時，被男孩呼喚的感覺也沒有消失。甚至覺得手被拉扯，整個人坐立難安。
結果我比平常早了一小時以上出門上班。學生不用說，連教職員都還沒有到校，學校安靜得就像睡著了。
穿過通行門，右邊是戶外泳池，左邊是校舍。晚秋的清晨風很冷，我感受著變得冰涼的手，往泳池的方向走。
我並不是在道理上覺得有必要去，只是不知不覺間就這麼做了。
戶外泳池的水面高度差不多到我的胸口處。除了夏季以外，圍欄都森嚴鎖好，門口也堆著磚塊，免得萬一有學生誤闖溺水。
我伸手勾住圍欄生鏽的鐵絲網，環顧泳池。一陣飽含紅葉及積水氣味的冷風撲面而來。
那孩子就在那裡。
在池畔對邊，服裝和昨天一樣，卻一點寒冷的樣子也沒有，一臉笑咪咪的。將運動鞋的後鞋幫踩扁，雙手插在口袋裡。
「老師，游泳池。」
我眨了眨眼，猛烈地搖頭。接著再次張開眼睛時，男孩的身影消失了。

沒錯。小孩子不可能進去裡面。磚塊堆得好好的，也沒有被搬移的樣子。圍欄和鐵絲網雖然都很陳舊，但高度完全足夠防護。

我扶著額頭，大大地嘆了一口氣，覺得自己怎麼搞的？接著我抬起頭，苦笑著準備前往校舍，這時忽然發現有白色的東西伸出水面。

覆蓋水面、褪了色的黃色落葉之中，人類膝蓋以下的部分，以小腿朝上的方向，彷彿某種惡質玩笑的碎片般突兀地浮在那裡，隨著水面在吹拂的風中上下擺動，緩緩地搖盪著……

3

警方大張旗鼓地駕到了。

校園緊急關閉，來不及聯絡而到校的學生，由警察護送回家。被留在校園，被迫面對狀況的大人們，每一個都露出希望有人來帶他們回家的表情。

學校相關人員裡面被盤問得最詳細的，理所當然就是我。命案第一發現者的勛章被釘在心臟上頭，沉重苦悶，難受極了。

我最先見到的刑警有兩位，一位好像是警視廳人員，另一位是轄區警察署人員。兩人的眼神都同樣銳利，但態度也同樣親切，以彬彬有禮到讓人意外的口氣問話。主要提問的是警視聽的刑警；我覺得不太舒服，要去洗手間時，是轄區刑警陪我到門外，還借我手帕。他們也有角色分配吧。

爲何我今早特別早到校？爲何靠近泳池？首先我被問到這兩個問題。我直接撒謊了。今早我醒得比平常還要早，所以想說早點到校，處理累積的工作。我會去泳池那裡，是因爲到學校一看，覺得清晨的空氣好舒爽，想要在校園四處散步一下。

兩位刑警點著頭，沒有特別懷疑的樣子。不過他們也是專業人士，即使覺得可疑，也不會直接顯露在臉上吧。

我決心不管是昨天的事，或是在池畔看到小孩子的事，都絕口不提。因爲那孩子現身又消失一事，連我自己都還感到難以置信。

可是，就像我們教師會識破學生撒謊，刑警也能察覺一般民眾的謊言。

「妳是不是有所隱瞞？」被這麼一問，我正想說「沒有」，話卻哽在喉頭了。

我咬住下唇尋思，兩名刑警默默等待著。希望裝病的學生據實以告時，我也會使出相同的手法。這下我親身體驗到這招是多麼管用。

「其實……」我抬起頭來。「我在池畔看到一個小孩。」

我決定透露這件事就好。只說看到小孩的話，也沒什麼好奇怪的。雖然令人震驚，卻是有可能發生的事。

這顯然不是什麼理想的發展，兩名刑警木然的表情內側出現某些感情活動。「專業人士」這塊布大大地掀動了一下，雖然只有一瞬間，但露出了內側「爲人父母」的一面。

「小孩子？」

「是的。我確定。」

「是這裡的學生嗎？」

「不清楚。可是我不認得他。而且……」

「而且？」

我立下決心說出來：「他雖然別著校徽，但不是我們學校的。我想不是我們學生。」

這所學校的校徽是櫻花圖案，其中鑲著「四小」二字，代表「第四小學」。那男孩胸口的校徽長得不一樣，是圓形當中有櫻花花瓣圖樣，其中有兩個字，顯然不同。

「看起來多大？」

「三、四年級吧。」

我詳細說明服裝和體格，刑警仔細筆記下來。

「接下來可能會需要製作畫像，還請妳配合協助。」

我害怕起來：「那孩子跟這件事有關嗎？」

「不清楚。但我們必須盡力徹查。」刑警說，回頭望向泳池。「妳發現屍體時，那孩子去哪裡了？」

「這……我不知道。我也嚇壞了，注意到的時候，那孩子已經不見了。」

刑警蹙起眉頭：「可是，他要怎麼離開那裡？」

我才想知道。我按捺住想要說「他不是離開，是消失了」的衝動，好不容易擠出回答：

「我不知道。可是既然他進得去，應該也出得來。小孩子很靈活的。」

約莫三十分鐘，刑警便放過了我，我和其他教師在職員室等待。因為警方說要打撈屍體，請我們協助認屍。理由是雖然教職員當中沒有聯絡不上或下落不明的人，但也可能是學生家長。

我們默默坐著，將其他人的臉當成陰沉的鏡子，倒映出彼此的不安。偶爾電話響起，眾人就會被嚇得跳起來，火速抓起話筒，就好像不立刻接聽，電話就會爆炸似的。電話有些是家長打來的，也有些是媒體打來的。

操場的圍欄另一頭，停著電視臺的轉播車和豎著紅旗的報社車輛。附近住戶也聚集圍觀，讓我們覺得宛如第一次被運輸到日本的珍奇異獸。

忽地我想到了。如果我殺了那個女人，應該也會引發這樣的騷動。

我閉上眼睛，想像遭到逮捕的場景。公寓戶外階梯拉上封鎖線，垃圾場擠滿人，抬頭看著我的房間窗戶，議論著他們是否早就預測到我是會做出這種傷天害理之事的女人……

不久後，我們被依序叫過去。被打撈上來的屍體，暫時安置在泳池旁邊的倉庫後面。屍體蓋上黑色塑膠布，一名穿藍色工作服的警官站在旁邊，我們靠近以後，他便輕輕掀起邊角讓我們看臉。

是個女人。眼睛閉著，從蒼白僵硬又濕淋淋的死相難以判斷年齡，但看得出比我年長許多。穿著正式的套裝。吸水而變得半透明的上衣胸口透出底下白色胸罩的蕾絲。是陌生女子。我默默搖頭，退到後面。雖然覺得非常抱歉，但我沒辦法看她的臉太久。

離開池畔，前往職員室時，我和快步趕往這裡的兩名男子擦身而過。我想著可能又是刑警吧，正要經過時，發現其中之一、年約二十後半的年輕男子一見到我，頓時一臉驚愕地停下腳步。我訝異地回看對方，男子瞠目盯著我看。同行男子用手肘推他催促，他才恢復步調離去，但仍再一次回頭看我。

我不認識他，也不明白爲什麼他要那樣驚訝，卻也覺得那張臉有些面熟。一股寒意竄上背脊，我跑向校舍。

四小的校方人員，沒有人認識被害者。屍體很快就被運出學校了。沒多久，警方在校內展開搜索，神情嚴肅的男人們的腳步聲在走廊、牆壁、天花板等處迴響，影子竄動。不習慣接納這麼多大人的校舍，彷彿害怕得連大氣都不敢喘一下，即使太陽高升，天空放晴，仍散發出一股陰暗的氣息。

「誰要打掃泳池呢？」

一名教師說。沒有人回答這個問題。

中午時分，查出了被害女子的身分，以及她是遭人殺害的事實。我在警察署的房間聽到這件事。

女子名叫今崎明子，四十三歲。是都內小學的教師，從昨晚就下落不明，在她任職的學校也引起了騷動。

「聽說昨晚那邊的學校為調職的老師開了歡送會，今崎老師也參加了，十一點左右離開。可是她好像就這樣沒有回家。」

那所小學從我們學校搭電車要兩小時以上，距離遙遠，完全沒有地理關聯。但令人驚訝的是，今崎明子曾經在我們學校執教將近二十年。

現在我們四小的教師，資歷最久的，也頂多在這裡教了十年左右，所以沒有人認識她。今崎明子已婚，丈夫也是教師，和她在同一個時期任教於四小。也就是說，兩人以前是在四小職場結婚的。

丈夫名叫今崎行雄，五十歲。聽說現在也是在都內的小學擔任副校長。兩人的名字——即使是今崎明子婚前的名字伊藤明子——我都沒有印象。其他同事也是一樣。

我會被叫去警察署，是爲了製作我在池畔看到的小孩畫像。現在全部都是電腦作業，只要按下按鍵，就能叫出各種五官。承辦員警叫我放輕鬆，但這絕對不是什麼快樂的活動，因此好不容易完成時，我覺得全身肌肉僵硬。

承辦人員的技術很厲害，那個男孩的臉變成了一幅畫呈現眼前。但四小的教職員沒有人認得這張臉。我有種如釋重負的感覺。

但下午回到學校時，我強烈地感覺到周遭的眼神摻雜了指責的尖刺。身在兒童教育的最前線，教師應該不相信兒童絕對純眞的神話，卻也不願意想像或許有小孩子——小學生涉入殺人命案的可能性。有種身爲教師，連去思考這種可能性都是不道德的氛圍。

「妳眞的看到小孩了嗎？」

「幹麼多嘴。」

每個人的眼神都在默默地如此責備。

屍體附近似乎有小孩這件事，沒有告知媒體。但這個消息似乎仍一點一滴地在四小的家長之間傳播開來。校長對我的視線就像粗針一樣尖銳。眾人露骨地躲避我，就好像我身上有什麼可怕的病菌。如果不是眾目睽睽，肯定已經指著我的鼻子數落起來了。

校內的搜索仍在持續。是在尋找殺害今崎明子的凶器。

聽說她是被刺死的。心臟下方挨了一刀。不是刀子或菜刀，好像是類似剪刀的物品。校內有一大堆剪刀，警方逐一仔細檢查，並且考慮到凶器被丟棄的可能性，眞正是翻遍了每一寸角落。

「凶器又不一定在這裡。」

一名和我要好的女老師低聲喃喃道，尋求同意地看我。上了年紀的教務主任聞言，撇著頭憤憤地說：

「都怪某人愛瞎扯些沒有的事。」

我低著頭，後悔沒有對刑警撒謊。我怎麼會說出我看到小孩的事？

然後我心想。我果然還是沒辦法殺那個女人。如果她離奇死亡，我一定會第一個被懷疑。如果刑警找上門來，還沒開口問我任何問題，我就會全盤招出，直接被扔進監獄。我無法忍受。我實在做不到。儘管我眞的很不甘心。

「對不起。我眞的看到了。」我小小聲說。「可是，那不是我們學生。校徽不一樣。」

「是我們的學生還得了？」

我也這麼想。那校徽絕對不是。

所以傍晚時分，早上見到的刑警再次前來，表情困惑扭曲地宣布時，我們每個人都震驚到一時說不出話。

「這個校徽……」刑警一手拿著依我看到的校徽畫下的圖案說。「是這所學校的呢。」

眾人都呆呆地張著嘴巴，只是盯著刑警的臉看。

「喔，和現在的校徽不一樣。其實被害者的丈夫今崎先生，說這個圖案是二十多年前，他在這裡任教時的校徽。今崎先生即將調到別的學校之前，距今十三年前，有過一次學區重劃，那時候變成了現在的設計。我們也請他讓我們看了那時候的照片，完全一樣。」

有人低聲喃喃：「太扯了……」

刑警用力點頭：「是，聽起來很扯。不過或許合情合理。學校是否還保管著以前校徽？」

刑警帶著校長及副校長離開後，女老師對我笑了。是苦笑：

「欸，妳是不是見鬼啦？」

4

入夜以後，我們這些基層教師暫時被放回家了。如果今晚搜索結束，明天開始就可以繼續上課。每個人都累了，但必須思考如何對小朋友們說明。我們稍做討論之後解散。

回到公寓以後，膝蓋以下整個脫力，我好半天什麼事情都不能做，只是癱坐在原地。這麼說來，沒有半個人安慰發現那麼可怕的屍體的我。我淚水滲出眼眶。

就在我好不容易站起來，放熱水準備要泡澡時，電話響了。感覺一動關節就咯吱作響。

拿起話筒，一道陌生的男聲確定我的名字。我有些緊張地應是，對方說他是轄區警署少年課的刑警。

少年課。是找到那孩子了嗎？即使是小學生，這種時候也是由少年課負責嗎？

「敝姓相川——相川浩一。突然打電話過去，一定嚇到您了。」

語氣非常猶豫，沒有白天見到的刑警們那種「我們是專家，交給我們就是了，但可別撒謊」的傲慢感。

「請問……有何貴幹呢？」

對方稍微遲疑了一下，接著問：

「您對我的名字沒有印象，是嗎？」

「什麼？」

「呃，就是您不記得相川浩一這個名字，對吧？」

我將話筒從耳邊拿開，看了一下。

「喂？」

「喂，我在聽。呃，我不明白你說的意思。」

「您說今天早上在四小發現屍體時，在池畔看到一個小孩子，對吧？」

「對……」

「也協助製作那孩子的畫像了，對嗎？」

「是的。」

「畫像製作順利嗎？喔，我是想問，畫像的臉，和您記憶中的吻合嗎？」

浴室傳來通知水滿的電子鈴聲。我已經累死了，好想把話筒丟開。

「我沒有撒謊。」

對方隔了一拍，接著說：

「那孩子有沒有對您說什麼？不是在泳池，而是昨天晚上。或許是在夢裡。他有沒有說『老師，來玩』？」

腦袋一片空白。天旋地轉，我伸手撐住電話檯。

「喂？您在聽嗎？您還好嗎？」

「你到底是誰？」

對方的聲音有些激動地啞了：「看您這驚訝的反應，我說中了對嗎？雖然難以置信，可是，是眞的。」

「什麼眞的？」

「其實……其實我認識您。我在夢裡見過您。」

我拿著話筒坐了下來。如果不坐下來，感覺我會暈過去。

「我在夢裡回到了四小。我走下樓梯，經過走廊……對您說話。老師，來玩，來游泳池，我給妳看樣好東西。那是夢，然而今天我去到四小，發現眞的有您這個人，我嚇到心臟都快停了。」

我想起白天在操場擦身而過的年輕男子。我向對方確定，他說：

「對，就是我。」

對方拋開了彬彬有禮的口吻。可見得他方寸大亂。

「我得聲明，我從來沒有見過妳，也完全不認識妳。」

「我到現在都還是不知道你是哪位……」

「妳眞的不認識我對嗎？不管是現在還是以前。小時候也沒有在哪裡見過吧？」

「不可能見過。」

話筒另一端傳來顫抖般的嘆息：

「那，這到底該如何解釋才好？」

接著他振奮自己似地拉高了嗓音說：

「今天被發現遇害的今崎明子，是我以前在四小的導師。當時她還是舊姓，叫伊藤明子。她的丈夫今崎行雄，是那時候的學年主任。」

我說不出話來。

「妳一定會覺得很荒謬，但請不要笑。根據妳的描述製作出來的畫像，那個男孩，就是二十年前的我。」

「那是九歲時的我。」相川刑警說。

我們在距離我住的公寓有段距離、營業一整晚的餐廳角落相對而坐。店內空空蕩蕩，占據窗邊卡座的一群年輕人吞雲吐霧的青煙形成薄薄的帶狀瀰漫著。

和他見面，我覺得完全是瘋狂之舉。但我還是無法克制直接見他、與他交談的衝動。雖然害怕，但如果逃避，更讓我覺得害怕。

相川似乎也是相同的感受。我先到店裡等他，但從開啟的自動門進來的他，表情不安無助得就彷彿從單槓上掉下來的小孩。我注意到他亮出警徽時，手指微微顫抖。

這個人在害怕。我感受到他的害怕，覺得同情極了。

「你怎麼會知道我？不，我不是說夢裡。你是少年課的刑警吧？也調查殺人命案嗎？」

「這是轄區大概十年才一次的命案，所有人都被派去協助初步調查。現場又是學校。」

端上桌的咖啡很淡，也幾乎沒有香味，但非常燙。不知不覺間，我們兩個在暖氣極強的店內，卻像要取暖似地捧著咖啡杯不放。

「是誰瘋了呢？」相川刑警從杯子抬起目光說。「是妳還是我？」

「我沒有瘋，你看起來也不像瘋了。」
我說，勉強擠出微笑。
「我還以爲刑警的思維會更科學。」
他看了我一下，忽然放鬆下來笑了。
這是至今爲止最讓人毛骨悚然的瞬間。因爲那個男孩怕癢般的笑容，與眼前這名刑警的臉完美地重疊在一起了。
「你眞的是那個小男生。」
我喃喃道，刑警默默地輕輕點頭。
「是不是你有個就像你小時候翻版的兒子？」
「不巧的是我單身。」
我嘆了一口氣：
「告訴我，你作了什麼夢？從什麼時候開始作夢的？」
相川刑警將目光從桌面移開，望向窗戶，低聲說道：
「是從今年——大概九月中旬開始的吧……一開始我站在那所學校的走廊上。變回那時候的年紀，穿著短袖襯衫和短褲。」
「然後沒穿襪子，赤腳把運動鞋的後鞋幫踩扁。」

他迅速地瞥了我一眼：「完全符合呢。」

「嗯。」

「我習慣那樣穿鞋，到現在還是會這樣。除非是下雪天，否則穿運動鞋的時候，我都喜歡赤腳直接穿，而且動不動就把後鞋幫踩扁。然後我又怕熱。這是遺傳到我父親。小學的時候，有時候同學都換長袖了，我卻滿不在乎地只穿一件運動衫。」眼神變得有些遙望。

「而且，那年夏天的高溫破紀錄，秋老虎也很猛。」

「那年夏天，指的是你九歲時的夏天，對嗎？」

他點點頭。我問：

「那年夏天發生了什麼特別的事嗎？」

相川刑警沒有立刻回答。他拿起咖啡杯，很快又敲出聲響放回托碟，好不容易才回答：

「這件事晚點再說——如果能說的話。不，如果不說，應該沒辦法讓妳明白。」態度很嚴肅。又變回了看似害怕的表情。

「剛才說到夢境對吧？」他清了一下喉嚨，重新坐正。「就像我剛才說的，開始作夢是九月中旬的時候。起初我站在走廊上。後來我才發現，那是二樓的走廊。下一次作夢的時候，我正在下樓梯。走下樓梯……下一次則是走在一樓的走廊上。」

咚、噠、咚。那道腳步聲在我的耳中復甦。

「你是要去哪裡？」

我明知道答案，但還是問道。

「去保健室。」相川刑警回答，目光轉向我。「去妳那裡，對吧？」

我點了點頭：「你是來找我的嗎？喔，我在刑警先生開始作夢的那個時期，開始聽見從走廊走近的小孩腳步聲。」

我說出自己的體驗。盡可能詳盡地，連小孩子的運動鞋「啾」地作響，還有捏住我的手的小孩的手很冰涼的事都說了。還有今早被引到游泳池的事也是。

相川刑警聚精會神地聽著，全身緊繃，彷彿連呼吸的動靜都要壓抑下去似的。然後他戰慄地吐了一口氣，深深點頭：

「和我作的夢完全一樣。所以今早當我發現妳是眞實存在的人，簡直嚇破膽了。夢境總是非常逼眞，醒來以後，我幾乎覺得自己變回了九歲的小孩，但我不認識妳，所以直到今早以前，都覺得是我在其他地方遇到的女子，變成我在四小認識的保健老師出現在夢裡。夢裡不是常有這樣的情形嗎？」

「是啊……那該怎麼形容呢？夢裡沒有時間的壁壘嘛。」

即便有，也稀薄得如同現在繚繞在店內的香菸煙霧般，一點都不牢靠。很容易就會被願望和恐懼所扭曲、破壞。

「可是，問題不在於夢。因爲妳眞實存在於四小。」

「我在白天聽到小孩子的腳步聲，目擊到他的身影。可是刑警先生作夢的時間是晚上吧？哪一邊才是先的呢？」

「什麼意思？」

「是我看到聽到的幻影，讓刑警先生作夢嗎？還是你作的夢變成幻影出現在白天？」

相川刑警正色壓低了聲音說：

「這不是夢，也不是幻影。」

「怎麼說？」

「發生命案了。今崎明子被殺了。」

「可是那是……」

說到一半，我總算悟出他害怕的理由。

「難道……」太荒唐了。

「不，遺憾的是，眞的就是這樣。」相川刑警緩緩地搖了搖頭。「我——九歲的我，在昨晚的夢中殺害了今崎明子。用做美勞的剪刀。」

5

從一瞬間的空白振作起來後，我脫口而出的第一句話非常實際：

「你有不在場證明嗎？」

相川刑警噗哧笑出聲來。拿著菜單經過的女服務生瞄了我們一眼。

「不好說呢。萬一我被列爲嫌犯，應該難以證明不在場吧。因爲我單身，只能說我在家睡覺。」

「不管怎麼樣，都不可能是刑警先生殺的。那是夢裡發生的事。」

「那妳呢？妳沒有看到我的幻影殺害今崎明子的場面吧？」

「沒有。今早我去游泳池一看，屍體就在那裡，只是這樣而已。」

我刻意說得輕描淡寫。但這樣的語氣也維持不了多久：

「不過……昨晚我一直覺得那孩子在呼喚我，叫我去泳池。」

相川刑警和我都噤聲了。不久後，他自言自語地說：

「是我殺了她。確實是我殺了她。但不是現在的我，而是九歲時的我。殺害的對象也不是現在的今崎明子，而是我的級任導師伊藤明子老師。是這樣的夢。」

「只是巧合罷了。」我擠出笑容。「讓人驚訝的巧合。凶手另有其人。是活生生的人。一定是仇殺或是強盜殺人這類司空見慣的理由。才不是夢境或幻覺。」

「妳是說動機？」

「對。」

「那我也有動機。強烈的動機。不是現在的我，而是九歲時的我有動機。那時候的我非常恨伊藤明子老師，恨到想殺了她。」

我忍不住後退。因爲對方的神情實在太痛苦，害我想要稍微拉開距離。不管是在心理或物理上。

「我覺得你沒必要告訴我這件事。」

「那請妳當成慈善助人，聽我說吧。」

「我沒義務非幫刑警不可吧？」

「可是，妳出現在我的夢中，也看到我的幻覺。妳協助製作的畫像就是不折不扣的證據。那不是能憑空捏造出來的。」

我差點要站起來了。好想逃走。結果相川刑警追上來似地說：

「我喜歡妳。」

我愣在原地俯視他。

「是九歲的我、妳看到的幻覺的我、夢裡的我喜歡妳。我完全不知道是怎麼回事，但我很喜歡妳。所以我會去找妳，想要妳陪我玩。我被妳吸引。或許妳覺得很毛，但我自己也莫名其妙，所以很混亂。只從我一個人的角度，沒辦法解決這件事。我需要妳。」

我坐回椅子上，喝了一口涼開水。

「我……」

「對不起，我不是要嚇唬妳。」

我點點頭：「我知道。而且，我也感覺得到那個神祕的小男生喜歡我。雖然不明白爲什麼。」

相川刑警就好像突然呼吸困難起來，伸手鬆開領帶，說：

「過去現實中九歲的我，憎恨著伊藤明子老師。不只是她而已，我也恨她未來的丈夫今崎行雄老師。恨到眞的想殺了他們。因爲他們兩個對我做過非常惡劣的事。」

他們把我關起來——相川刑警說。

「當時的我是個很難搞的學生。說好聽是調皮，但簡而言之就是個頑劣的死屁孩。這一點我承認。伊藤老師一定對我很頭大。我成天挨她的罵。」

我笑了一下：「三、四年級的男生都是那樣的。」

「是嗎？對……而且伊藤老師也有點古怪的地方。她對我這種壞小孩沒有免疫力吧。她有時候會像小孩子一樣抓狂。」

每一所學校都有這種事。

「那個老師出身很好，家裡很富有，根本不用出來工作。她會跑來當老師，我想應該是對教職抱有某種浪漫的理想吧。當時家長之間也常議論這件事，在帶學生這方面，她的風評不太好。家長都說她是千金小姐，所以還是靠不住。可是老師應該也有自己的理想或自尊吧，她對外界的批評很排斥……不過她後來也繼續當老師到現在，所以絕對不是個沒有能力的老師。」

相川刑警的臉色沉了下來：

「不過那眞的太過分了。三年級的時候，老師對我做的事顯然太過火了。」

放學後，相川浩一一如往常，爲了一點細故被痛罵一頓，他反抗頂嘴——雙方你來我往，伊藤明子整個人氣瘋了，抓住相川浩一，把他關進了校內儲藏室。

「當時二樓的北邊角落有間儲藏室，門是側開單門，非常沉重。應該是蓋學校的時候爲了某些目的而設的，但那個時候已經幾乎沒在使用，室內空無一物。約是一張榻榻米大小，裡面一片漆黑。雖然沒有鎖，但門非常堅固，而且又有點歪斜了，一旦關上，憑小孩子的力氣，從室內很難打開。」

「你被關進那裡面？」

「對啊，被關了整整一天一夜。」

我瞪大了眼睛。

「老師把我關進去，好像對我朋友說我已經回家了。因爲沒有半個人來找我。她應該是打算用這種方式教訓我一頓，兩、三個小時以後再放我出來吧。可是在消磨時間的過程中，老師把這件事忘得一乾二淨了。」

他苦笑之後看我：

「大人有時候就是這麼蠢呢。我終究沒有機會向老師本人確定，但我猜她應該是跑去約會了吧。所以才會把將可惡的問題兒童關起來的事忘到九霄雲外去了。」

「約會的對象，一定是她現在的丈夫吧。」

刑警點點頭。「八成是。而且應該是兩個人開車去兜風。入夜以後我都沒有回家，家裡的人都開始吵鬧了，卻還是聯絡不上伊藤老師和學年主任今崎老師。一直到隔天早上，才總算聯絡上他們兩個。」

那個時候，警方也已經出動找人了。因爲朋友說「伊藤老師說相川回家了」，所以校內未列入詳細搜索地點，此外的地方則全被翻遍了，甚至安排好要打撈河川，鬧得滿城風雲。

「他們兩個比任何人都還要慌。他們趁著搜索的空檔衝到學校，把我放了出來。不過那個時候……」

他們警告我絕對不准說出去——相川刑警說。

「兩人凶神惡煞地威脅我，逼我說是自己跑進儲藏室，門自己關起來，所以出不來。『聽到了沒？要是你敢說是老師把你關起來的，我們絕對饒不了你。懂了沒？』，就像這樣。」

「那刑警先生聽從了……？」

「當然了。九歲的我嚇得半死，肚子又餓，喉嚨叫得都啞了，也沒法去廁所，尿濕了褲子呢。我不可能反抗他們。」

「太過分了！」我真心動怒起來。「怎麼會有這種老師！」

「我也這麼想，可是無可奈何。在學校，老師掌握了絕對的權力。我怕死了。然後被放出來，被帶到大人面前的時候，一旦撒謊說是我自己進去儲藏室的，就再也沒有勇氣在事後改口說什麼『其實是老師把我關進去的，但他們恐嚇我不准說，所以我才不敢說』。因為我覺得這樣等於是撒了兩次謊，不會有人相信我。」

相川刑警苦笑了一下，補充說：「而且那時候的我是個死小孩。」

「就算是這樣，恐嚇小孩也太離譜了。」

「老師他們也是拚了命吧。對伊藤老師來說，事關自己的名聲——不，教師生命；對今崎老師來說，伊藤老師是他心愛的女朋友，即使不擇手段，也要幫她保住職位。而且又不用花什麼工夫。恐嚇一個小學生，要他閉嘴，對教師來說是易如反掌。」

相川刑警頓住了話，撫摸著手中的咖啡杯。我開口：

「所以你恨那兩個老師，恨到想殺了他們？」

瘋狂的憎恨。這是我再熟悉不過的感情。

「沒錯，對當時還是孩子的我來說。」

他強調「孩子」這個詞。

「當小孩子執著於一件事，或是愛上、憎恨一件事，不是會湧出超越大人好幾倍的能量嗎？因爲不會受到一般常識、社會道理那些雜念的阻礙，純粹、魯莽、不知道下手輕重。那時候的我就是這樣。而且對外發洩的手段又被堵住了，更是朝內不斷地膨脹。我在腦袋裡不知道殺了他們多少次。想要把他們從窗戶推下去、想要毒死他們、想要開槍斃了他們、想要用剪刀刺死他們，推進泳池裡……」

我忍不住摀住了嘴巴。相川刑警慢慢地點了點頭：

「沒錯。然後今崎明子以當時的我希望的方法被殺了。」

伸出池面的兩條白腿。

「妳應該可以明白，今早的我有多麼地驚慌失措吧？不敢相信。可是老師眞的死了。夢裡九歲的我殺了以前的伊藤老師，結果二十年後的現在，現在四十三歲的今崎老師以完全相同的手法被殺了。」

然後不知爲何，我在他的夢裡登場，看見他的幻影。

「你……假設你在那個時候死在儲藏室裡，還可以理解成是冤魂出來作祟報仇。雖然難以置信，但可以理解。」

我盯著相川刑警，對他眼神中的嚴肅感到明確的恐怖。

「可是，你現在像這樣活著。是不折不扣的大人。小孩子的你和現在的你同時存在，這太奇怪了。」

片刻之後，他的肩膀鬆垮下來：

「就是啊。我也這麼想。」

「就是說嘛。是你想太多了。」

「有辦法用這樣一句話帶過嗎？」

「我想這麼做。也只能這麼做了。」我鼓舞自己，斬釘截鐵地說。「這件事最好忘掉。或者如果你是出於某些目的，編出這種話來騙我，請你快點招出來。」

這麼說來——我忽然驚覺。

「對了，再說，四小二樓沒有你說的儲藏室。」

相川刑警靜靜地說：「發生我那件事後，校方就把門封鎖，外面塗抹灰泥弄成牆壁。」

這次我眞的站了起來：「我要回去了。刑警先生也是，與其一直鑽牛角尖想這件事，回家去好好睡一覺，才是爲身體健康著想。」

我拿起大衣和皮包，相川刑警低聲說道：

「我是擔心。」

「擔心什麼？」

「因爲我早就忘了。小時候恨那兩個老師恨到想殺了他們的事，我早就忘光了。因爲都已經是二十年前的往事了。然而爲何事到如今又冒了出來？而且還扯進妳這個完全無關的人。我不明白理由是什麼。所以才會擔心。」

「我的話，不勞費心。」

刑警從我的手中拿過帳單，也站了起來。「我明白了。我不會再打擾妳了。」

但是在店門口道別時，他還是以和初會時相同的害怕眼神透過黑夜窺看著什麼，說：

「是明天。」

我回頭看他，他點點頭：

「我被關在那間儲藏室，是二十年前的明天。而且還有一個人：今崎行雄。」

「你的意思是，還會發生命案嗎？」

他沒有回答這個問題，而是說：

「要說的話，他們兩人當中，我好像比較恨今崎行雄老師。因爲我覺得他是學年主任，地位很高，卻背叛了學生。我也想過要把他活埋。那時候我祈禱學校的天花板掉下來，把那個老師活活砸死。」

他無力地笑——「不過這種事不可能發生嘛。」

然而，卻出現了成眞的可能性。

隔天一早，一通電話把我吵醒，通知用來搜索殺人凶器的金屬探測機，感應到從後院到校舍北邊的地下埋著大量的「某樣東西」。

「現在正利用磁力探測器進行更大規模的探測，所以詳情還不清楚，不過……」

「不過什麼？」

「好像是未爆彈。戰爭時期扔下來的。有好幾十顆——不，聽說搞不好有好幾百顆。」

6

這已經不光是第四小學的問題了。

取代警察，自衛隊的特殊未爆彈處理小組趕到現場，進行指揮。據說爲了正式著手處理炸彈，還有許多必須謹愼調查的事。

周遭居民接到避難命令，幸好民眾並未特別陷入恐慌。我並不知道，但據說十年前也發生過一次發現未爆彈的騷動。到處都可以聽到民眾在說：沒事的，反正不會爆炸。

包括我自己在內，四小的教師大部分都住在別的城鎮，因此不用擔心自己的安危。我們前往各處的公立活動中心和學校體育館暫設的避難所，確定學生與家長的安全，交換資訊，接下來就只能等待了。

「欸，老師，四小明年不是要重新改建嗎？反正到時候都要拆掉，乾脆現在讓炸彈炸一炸就好了嘛。」

也有學生打趣地這麼說笑，挨父母的罵。但這對家長看到報紙「凶器在何處……咦，炸彈？」的標題，也禁不住苦笑。

明明置身事件漩渦之中，卻反而得不到資訊，眞的很不可思議。電視新聞更要正確可靠多了。搞不好意外地都是這樣的。

因爲是「未爆彈」，原以爲是東京大空襲時留下的，但隨著調查進行，不同的說法開始占了上風。

據推測，可能是在戰爭結束時，偷偷被遺棄的砲彈。當時這個地區有幾座武器庫，四小所在的這個地點，與其中之一非常接近。而且以未爆彈來說，找到的數量也太多了。聽說二百五十公斤炸彈和五十公斤炸彈，合計起來將近兩百顆。

那麼，若要全部挖出來處理，即使趕工一整夜，也得花上兩三天吧。避難場所也必須準備膳食和睡鋪才行。

「可是，如果是被丟棄的炸彈，引信應該已經拆掉了吧？反而比處理未爆彈更安全。」這麼告訴我的，是昨天借我手帕的那位轄區刑警。他說這意想不到的狀況，也讓命案的搜查本部不知所措。

「不過，這也算是因禍得福吧。雖然對被害者過意不去，但如果沒有發生命案，四小就得一直站在炸彈山上面了。」他說了很像當地人會有的感想。

「命案調查有進展嗎？」

「不不不，剛起步就遇上了這場騷動嘛。我們正在調查被害者的人際關係，但她好像不是那種會招怨樹敵，引發殺機的人。」

「殺人不是隨便就幹得出來的事嘛。」

「就是說啊。」刑警表情溫和地笑。「得要有非常強烈的能量才下得了手。」

我猶豫了一下，問道：

「請問，你認識你們警署少年課姓相川的刑警嗎？」

「相川？哦，認識啊。你們認識？」

「好像是。」

「好像」這說法似乎引起了注意，刑警微收下巴，重新端詳我的臉。

「這樣啊。喔，他很不錯啊。年紀輕輕，但很優秀。個性直率，就是有點太認眞了。」

這時，長長的警報呼嘯聲響徹了今天也萬里無雲的天空。

「挖掘作業開始了呢。」

我和刑警肩並肩望向學校。

夜晚——

我在封鎖的避難區域角落，可以最清楚地看見四小建築物的地點等著。平常的話，學校應該是入夜以後全市最漆黑的地方，這時卻清晰地浮現在投光機的光中，顯得格外巨大。

背後傳來腳步聲，我回過頭去。

「果然。我就知道你一定會來。」

是相川刑警。雖然臉色和昨晚一樣糟，但嘴唇堅毅地緊抿著。

「妳才是，在這種地方做什麼？」

「你要去學校吧？」我微笑。「我也要去。去學校，確定這一切都只是我們多心了。今崎行雄先生不會來的。所以學校天花板不可能掉在他的頭上。這種事不可能發生。我們兩個腦袋都有問題。」

「我沒辦法這麼想。」他說，望向學校。「昨晚我夢見了。妳看到男孩的幻影了嗎？」

我搖搖頭。

「這樣。那或許妳已經完成任務了。」

「什麼意思？」

他默默地跨出步子。我也默默地跟上去。

「很危險的。」

「我聽說引信已經拆除了，不會爆炸。」

他沒有再阻止我。比起我，他看起來滿腦子只想著或許會在那裡的自己幻影。

我們穿過黑暗走近學校。令人意外的是，輕而易舉就進去了。由於發生了這種事，警衛即使曾留意還有沒有人留在危險區域，應該也想不到會有人闖進來吧。

挖掘工作從後院開始。只有那裡明亮得宛如白晝，充滿蒼白的光。我們從校舍的另一側溜進去。

「要去哪裡？」我問。

「保健室。」他說。

雖然不能開燈，但保健室裡一片微亮。我站在門邊，他站在窗邊看外面。

「你作了什麼夢？」

即使我問，他也不回答。幽暗之中，只有香菸前端亮著紅色的光點。

「我想了一下。」

「想什麼？」

「九歲的我——想要殺掉兩個老師的我，或許其實一直留在這裡。被留在這裡，一直在等待。等待有人來喚醒我。」

這番話雲裡霧裡，我難以瞭解眞意。什麼意思？——正當我要追問，他挺直背抬起頭：

「來了。」

沒錯，逐漸靠近了。那孩子的腳步聲，從二樓逐漸靠近。

相川刑警等待腳步聲來到保健室前，打開了門。將校舍另一側照得一片燦亮的投光機的光，依稀傳到了這裡。遠遠地可以聽見俐落指揮的聲音。

走廊上沒有人。我們背門而立，側耳聆聽彼此激烈的呼吸聲。

「沒人。」

「不，他在這裡。」

這時，走廊左邊，我第一次看見那孩子的鞋櫃所在的門廳處傳來了腳步聲。不是小孩子的腳步聲。更爲沉重、結實。

我們走向門廳。我在途中停住了腳步。因爲我知道在那裡的是誰。難以置信。

雖然是第一次見到，但我知道他是誰。是今崎行雄。他從妻子遇害、生活被打亂的家，就這樣直接過來了。他一身邋遢，腳上趿著拖鞋。

他慢慢靠近這裡。那張臉毫無表情，就像電影的僵屍，眼睛張著卻什麼都看不進去。

「今崎老師。」

相川刑警出聲。聲音在發抖。

「老師，你在這裡做什麼？」

「你是怎麼來的？」

「老師，或許你忘記我了，但我還記得你。請你想起來，我是相川。」

今崎行雄看也不看我們，逕自經過。相川刑警伸手抓住他的手，他便以拍掉蒼蠅的動作輕易甩開，完全不肯放慢腳步。

他要去二樓。

可是，你怎麼會跑來這裡？

我想要大喊這個問題，卻把聲音吞了回去。

周圍——出現異變了。鋪木板的走廊散發出蠟的氣味。窗框不再是鋁框，變成了舊式木框。四小遲遲拿不到重建許可，但只有窗框曾經換過。那是什麼時候？是什麼時候的事？

今崎行雄繼續走著。我們跟在他後面前進，每走一步，周圍便一點一滴地變新。應該早已布滿鐵鏽的洗手檯管線開始散發出銀色的光輝，牆壁的裂痕消失。走上樓梯的時候，原本到處錯位的止滑條，全都對準了階梯邊緣——

時光倒流了。回到了二十年前。

然後，那孩子站在階梯上的平臺。

背後有一道不應該存在的、應該早已被灰泥封住的儲藏室的門。孩子抓著那道門的把手，注視著逐漸走近的今崎行雄。孩子眼裡只有他一個人，靜靜地站著。

「不可以……」

我忍不住喃喃。

孩子望向我，嘴唇浮現可愛的笑容。

「老師，來玩嘛。」

今崎行雄踩上階梯最下面一階。這時，我感覺到視野奇妙地變成了兩層。應該穿著便服，光腳踩拖鞋的他，看起來卻是西裝筆挺。

「老師，過來。過來嘛。」

今崎行雄再踩上一階的時候，進行挖掘工作的方向傳來一聲大喊。就彷彿被那聲音給斥喝一般，原本呆站著的相川刑警衝了出去，手伸向今崎行雄的背後，想要把他拉回來——

下一秒鐘，投光機的燈光乍然熄滅，腳下爆出一道沉重的衝擊。

接下來的事，我記憶模糊。一切都發生在轉眼之間。爆炸聲和破壞聲、喊叫聲，然後我的身體浮到半空中，瞬間昏迷過去。

清醒過來時，我人靠在走廊牆上，癱坐在地上。除了我所在的位置以外，地板和牆壁都面目全非。

成了一座瓦礫山。破碎的混凝土塊堵塞了整座階梯。石棉的灰塵四處飛揚，甚至看不見前方。我激烈地嗆咳起來。

爆炸了。應該已經拆掉引信的炸彈爆炸了。

漫天飛舞的灰塵終於落定之後，我總算漸漸看清楚周圍。似乎有水管破裂了，傳來激烈的噴水聲。

「老師。」

抬頭一看，那孩子站在樓梯上。在瓦礫堆中，以小小的腳站立著。他慢慢地關上儲藏室的門。然後彷彿沒有任何障礙物、階梯完好如初一般，輕而易舉地下樓了。

一隻手抓住了我擱在地上的腳踝。是相川刑警的手。

他脖子以下都被落下的混凝土埋住了，只剩下右手勉強伸在外面。一條鋼筋橫過他的胸上似地壓在上頭。他面色蒼白，一邊的嘴角淌著血。

我渾身顫抖著爬起來靠近他。

「撐住——我、我去叫人！」

他痛苦地搖頭，啞著聲音喃喃：「……那個……」

我循著他的視線望去，前方破碎的混凝土山之中，伸出今崎行雄赤裸的兩條腿。

「和你的夢一樣？」

相川刑警點點頭：「成眞了。」

孩子已經下了樓梯，就站在我倆近旁。但很快地，他轉身背對我們，朝門廳走去。

「等等——等一下！」

我呼喚。孩子沒有回頭。他踩扁運動鞋的後鞋幫，露出纖細的腳踝，逐漸遠離。

「等一下！喂，你要去哪？」

不知不覺間，我哭了起來。聲音都走調了。

「拜託！喂，你回來！給我回來！」

你到底是誰！我大叫出聲的時候，感覺到抓住我的相川刑警的手使勁了。

「他一直在這裡。」

他以必須把耳朵貼上去才能聽見的細聲喃喃道。

「一直在這裡。所以他要回家了。」

「相川先生……？」

他轉動眼珠子仰望我。神情莫名地安詳。

「是妳把他叫出來的。」

孩子的身影消失了。留下來的只有崩壞的校舍、噴出的冷水，以及今崎行雄的屍體。

然後，相川刑警的手放開了我的腳。他走了。

我被人發現時，似乎癱坐在地上，抱著死去的刑警的頭，哭喊著：「回來啊！你回來啊！」我自己也不知道到底是在對誰這麼呼喊。是從儲藏室走出來的孩子的幻影？還是活生生的他？

我辭去學校工作，又開始看醫生。直到我恢復精神平衡——直到身邊的人如此判斷，我在醫院裡住了相當長的一段時間。

所以我有充足的時間可以思考。

「是妳把他叫出來的。」

因此現在我能夠理解相川刑警那句話的意思。

人會成長，逐漸變成大人。可是，孩提時分的自己，真的消失不見了嗎？

也許肉體並沒有太大的意義。讓我們之所以是我們的元素，是感情、思維，以及靈魂。

它們會被拋下。被拋棄在我們特別強烈地懷有那些感情的地點。被留下來，孤零零地靜靜等待著。等待它的主人，或是與其共鳴的其他靈魂來到此地，將它搖醒。將它喚醒。

相川浩一在九歲時體驗到的恐懼、懷抱的憎恨、殺意，全都原封不動地留在四小了。因爲太過強烈，所以殘留下來了。

我看過照片，當原子彈落下廣島時，坐在落下地點附近石階的人，人影被爆炸的閃光烙印在當場。就和那一樣，我們懷抱的強烈情感，亦原封不動地留在了原地。

被封印起來的牆壁另一頭，九歲的相川浩一等待著。然後我——整顆腦袋充滿了對撞死未婚夫的女人殺意與憎恨的我來到了此處。

所以我們才會發生共鳴。就如同振動數相同的音叉一般。他以我散發的憎恨能量作爲糧食，離開了儲藏室。然後贏得了實體，實現從二十年前開始就懷抱的願望，取代活生生的大人的他，想要重獲新生。

是我把他叫出來的。

我心想，或許可以再做到一樣的事。這次我要去喚醒我自己。

被留下的我還在某處等待著。在未婚夫車禍死亡的現場。在兒時被惡狠狠地欺侮，哭著跑回家的巷弄。懷抱著我留下的全部感情的另一個我在等待著。

在哪裡？妳在哪裡？

把她喚醒，讓她取代我活下去、讓她實現我黑暗的願望，這應該不是難事。一定做得到，絕對可以。

我四處走訪尋找她。只要像這樣不停地尋找，有朝一日一定可以在某條暗夜的道路、在殘留著依稀回憶的街角，找到不知不覺間與我並排走在一起的另一道影子。一定可以感受到滑進手心的冰涼小手。

直到成真之前，我絕對不會放棄。

救命淵

1

「很美對吧？」

聽到聲音，我抬頭望去。櫃檯裡面，店員正對著我笑。那是個胖嘟嘟的中年男子，或許是店老闆。男子穿著印有店名「步屋」的牛仔布圍裙，捲起T恤袖子，露出粗胖的上臂。

「是啊，這是草木染吧？好亮眼的朱紅色，眞美。」

我舉起手上的手帕說。

這家「步屋」是只有約十坪空間的小伴手禮店。隔出類似合掌造的木造農家一部分，當成店面。旁邊就是咖啡廳，販賣大量使用當地盛產的杏桃做成的蛋糕和果凍。

直到前一刻，我也才坐在那裡休息。咖啡非常美味，杯盤也非常精緻，我向女服務生稱讚這一點，她告訴我「隔壁商店有賣一樣的杯子喔」。

我才剛到而已，買伴手禮還太早。比起伴手禮，應該先去買把花束才對，但反正杯子又不占什麼空間，結果我忍不住買了下來。然後在等找錢的時候，在收銀臺旁邊的櫃檯上，發現了放在大竹籃裡的美麗草木染手帕。

敞開的門口吹進不像初夏的涼爽微風，將掛在天花板上五顏六色的紙氣球吹得左右搖晃。離東京五小時車程。高原地帶宛如蒸餾水般的空氣，讓開車開累了的腦袋清爽振奮起來。

「這是用什麼植物染的？尤其是這紅色，好特別喔。」

我問圍裙店員，他笑逐顏開，反問我：

「您猜呢？仔細看就可以看出來喔。」

這座小鎮可以滑雪、打網球，近年還加入滑翔翼，投合年輕人喜好的運動設施應有盡有，宛如高原觀光景點的範本。每到週末，便熱鬧得連原宿和澀谷的人潮都要相形失色，但現在卻非如此。店裡除了我以外，就只有一對年輕情侶。手牽著手，臉挨著臉，專心一意挑伴手禮的兩人，完全不在乎周遭狀況。店員也無所事事，應該想要找人聊聊天吧。

我潦草地看了一眼手帕的圖案，隨口猜道：

「是什麼呢……杏桃嗎？」

「客人是從東京來的嗎？」

「對。」

「果然。聽您是關東口音，馬上就猜出來了。都市人對花草樹木很生疏呢。」

店員愉快地笑道。我也客套地略略微笑。

「是用石蒜染的。啊，聽說啦。因爲不是這一帶製作的產品，我也不是很清楚。」

「石蒜……」

「也叫曼珠沙華、彼岸花。」

「喔，那種鮮紅色的花？」

「沒錯，經常開在墓地裡不是嗎？雖然是鮮紅色的，但有點陰森，聽說用它的花來染布，就能染出這種鮮豔的紅色。」

我打開草木染的手帕，再次仔細端詳。雖然圖案模糊，難以辨認，但染成朱紅的部分，肖似曼珠沙華那種獨特的花瓣形狀。原來如此，我的問題，答案就畫在這上面。

「不是這一帶製作的？」

對方伸手粗略地指向北方：

「從國道一路往北，比這裡標高更高的地方有座村子，叫小花井村。是那裡製作的。」

「小花井村……」

感覺地圖上沒有記載。

「是個豆粒般的小村子，人口只有五十人左右。交通又非常不便。」

「光靠做這種染布過活嗎？」

店員揮著圓胖的手說：「怎麼可能？那裡是靠燒炭爲生的。不過燒炭也是不容小覷的『產業』喔。」

據說小花井村生產的木炭，是貨眞價實的頂級品。

「雖然沒有備長炭那麼有名，但聽說論品質，小花井村的木炭更勝一籌喔。東京和大阪的高級日本料理店和飯店餐廳每年都會跑來預訂。那裡是再偏僻不過的深山，土地又貧瘠，農業方面，只有梯田種些瘦巴巴的陸稻，但小花井村的村民光靠木炭的收入，應該就可以過得逍遙自在了。」

我純粹感到吃驚。高級日本料理店是我可望不可及的地方，但這種販賣極致奢侈的生意，居然是依靠住在如此偏僻的荒村的人們勞動來維持，令人意外又有趣。

「小花井村在哪裡？開車可以到吧？」

難得都遠路迢迢來到這裡了。遺憾的是，距離曼珠沙華的季節還早，但可以再多走一段路，前往製作美麗草木染的村子看看。我懷著這樣的打算問道，店員也許是看透了我的心思，略略皺起眉頭說：

「那裡很難去喔。路況也不好。而且必須經過『救命淵』才行。如果是小姐自己開車，我不太建議去喔。」

救命淵——聽到這個詞，我覺得彷彿胸口深處被扔進了一塊重物。就連草木染的紅色，都彷彿一下子風采盡失。

啊，原來是那一帶嗎？

十年前，我在那處「救命淵」失去了唯一的哥哥。今天是他的忌日，我會來到這裡，也是爲了向吞噬了哥哥性命的「救命淵」投入祭祀的花束。

意外發生的時候，哥哥是二十歲的大學生，我是十七歲的高三生。

我不會把哥哥形容爲品行端正、認眞向學的好學生。如果他是這樣的人，也不會以那種方式離開人世了。

他和三名社團朋友，開著其中一人的車，自以爲在賽車場上奔馳的賽車手，以時速一四〇公里狂飆在深夜九彎十八拐的山路上（車禍鑑定也測不出更正確的數字了），結果過彎失敗，衝破護欄，連人帶車摔進當地人稱爲「救命淵」的深淵裡。而且四個人都喝得爛醉。從這個意義來說，不管開車的是誰，結果應該都是一樣的。

哥哥等四人會來到這裡，是因爲臨近一名朋友的故鄉，那裡可以玩到當時還很罕見的滑草活動。喜歡嘗試新玩意兒的哥哥，每當聽到有什麼新鮮事，都非去親身體驗一下不可。

事故地點是二線道馬路畫出大大的半圓形，突出山谷的地點。站在護欄邊緣，水淵淡綠色的氤氳水面彷彿直逼腳下。這裡在當地也是知名的車禍頻傳地點，到處插著警告減速的看板，看了都教人掃興起來。

我問爲什麼這地方會叫做「救命淵」，承辦警官表情扭曲，狀似發窘地告訴我緣由，我到現在都還記得一清二楚：

「因爲在這裡駕駛失誤的話，就只能祈禱『老天救命！』了啊。」

墜落深淵底部時，哥哥他們是不是也這麼大叫，已無從得知。水淵極深，車子在車禍隔天中午過後才總算打撈起來，但被關在車子裡的只有兩人，另一個人的遺體，哥哥最好的死黨河合健一，在傍晚的時候被潛水員找到。

但只有哥哥的遺體終究未能尋獲。而這也是在事後引發混亂的主因。

每個人都死了，誰也不怨誰——能夠這樣放下的，只有去了另一個世界的四人，但是在被留下的家屬之間，「是誰開的車」變成了重大的問題。

車子裡的兩人，遺體坐在後車座。那麼必然地，開車的人不是哥哥就是河合。兩人都有駕照。事故車輛不是他們兩個的車，但也可能是被拜託幫忙開車，他們四人凡事總是一起行動，這樣做也是很自然的。

車禍之後沒有多久，警方就認定當時駕車的是河合健一。這項推論有相當的根據。但是對河合的家屬來說，這本來就是難以輕易接受的事實，而且另一個「嫌犯」——我哥哥的遺體沒有找到，讓他們對此提出異議。也就是說，他們主張駕車者是我哥哥——相馬一樹。

這樣說雖然討厭，但既然對方找碴，我們家也沒忍氣吞聲的理。尤其母親暴跳如雷，在這場鬥爭中找到她的人生意義，藉由對抗來塡補哥哥橫死而在心口上被挖出來的大洞。

「我絕對不允許一樹蒙上不白之冤！」

結果最後只能鬧上法院，也因此我不僅失去了要好的哥哥，還在二十歲前後這段應該是人生當中最熱鬧美好的年華，被迫見證醜陋的泥巴戰。

訴訟不是原告與被告之間的鬥爭，而是各自與時間的鬥爭。訴訟就是如此曠日廢時，需要莫大的耐性。然後也因爲耗費了如此龐大的時間，更讓人無法退讓。要是在這時候放棄，先前的辛苦全都付諸流水了——這十年來支撐著我們一家子的，就只剩下這句話而已。

但審判也結束了。今天我來到此地，就是爲了向哥哥報告這件事。

結果我買了五條草木染手帕，離開「步屋」。漂亮的手帕，拿來當伴手禮送給職場同事剛剛好。我是請了有薪假過來的，得做點人情才不會尷尬。

在站前花店買了祭祀用的花束，上車出發，這時是下午兩點多。

前往救命淵，從市內開車單程要一小時以上。距離夏季的觀光季還有段時間，又是平日，因此沒什麼車流，但我還是小心翼翼地開。即使如此，在救命淵前方和大型觀光巴士擦身而過時，我還是覺得巴士只是甩個屁股，就可以把我開的小雙門車從路面擠出去，感到抓著方向盤的掌心一片汗濕。

奇妙的是，愈是難行而危險的路，車窗看出去的景色就愈美。或許就和壞女人都是美女是同一個道理。

車禍現場沒有可以停車的空間。我開到更前面，找到避車彎停車，從那裡徒步折返。放眼所及，看不到其他車影，但再小心也不爲過。

事實上，母親就強烈反對我一個人來這裡。她說她有不好的預感。我一再保證絕對會小心，但直到出發前一刻，母親還是唉聲嘆氣地嘀咕說：「果然不該讓妳考駕照的。」

但必須一個人來，我也覺得很遺憾。也許是長達十年的訴訟總算有了結果，放下心或鬆懈下來，一個月前父親病倒了。是腦中風，幸好保住一命，卻無法自理生活了。沒有母親的照顧，父親甚至無法過日常生活。我也等於是代理兩人前來祭悼。

短暫地雙手合十後，我看著腳邊翡翠色的水淵，將花束扔了出去，但心情上與其說是丟向水淵，更像是朝頭頂的水藍色天空扔去。爲了還沒找到可以送花的對象就離世的哥哥而特別挑選的鮮紅色玫瑰花，花瓣灑向半空中，畫出平緩的圓弧落下，目睹這一幕之後，我慢慢地轉過身子。

這時，我發現一輛轎車從對向車線開了過來。是普通的白色四門車，車款似乎很老舊。擦身而過時，握著方向盤的年輕女子瞄了我一眼。我也望向她。視線僅短短交會了一瞬間，但這樣就足夠了。女人都很擅長觀察同性。男人對美女特別敏感，但其實女人隱藏著更纖細得多的天線，能夠捕捉到近距離接觸的「美」。

那是個美女。長長的黑髮紮成一束，垂在左肩。臉頰白皙，嘴唇鮮紅得怵目驚心，就彷彿滴在黑白照上的一點紅色顏料，或宛如我剛剛拋出去的玫瑰花——不對，是宛如曼珠沙華的色澤。

我看了離去的轎車車牌，是當地車。難怪雖然車速不快，但順暢地滑過山路的模樣，看起來老神在在。

我回到車上，發動引擎。繫上安全帶時，發現副駕駛座上遺落了一枚玫瑰花花瓣。我將它撿起來扔出車窗，那抹紅色忽然勾起了我的記憶：

曼珠沙華，別名也叫做「死人花」。

2

這天晚上，我在町裡的飯店過夜。

因為機會難得，接下來的兩天我也請了假。悠閒泡澡後，我看著地圖，盤算明天計畫。

晚上七點左右，我前往飯店頂樓的餐廳吃晚飯。我已經沒力氣外出了，反正這裡也沒有什麼特產美食，一般菜單我也完全不挑剔。

不過用餐前，我點了兩杯酒。一杯紅酒，一杯白酒。哥哥再也不會回來了，所以沒法乾杯，但我還是想要向哥哥報告官司打完的事，一起喝杯酒慶祝。

奇妙的是，車禍是十年前的事了，我卻覺得哥哥是最近才剛過世的。或許是因爲在法庭上抗爭時，動輒提起或聽到哥哥的名字，讓人有了一種錯覺，好像他還健健康康地活在人世，和我們一起生活。

所以今晚我喝著酒，一個人守靈，同時也是在開齋。如果有其他客人看我一個女人旅行，懷著一點好奇心觀察我，看見我這感傷的模樣，肯定會認定我一定是在進行失戀之旅。

我喝完紅酒，拿起哥哥的白酒。我酒量不好，胃部變得火熱熱的，腦袋逐漸朦朧。玻璃窗外底下的市街，不是美麗的夜景，也沒有華麗的燈飾。聽說冬季的時候，可以看到年輕人在打了燈的滑雪場上享受夜間滑雪，但現在這個季節，夜晚是純粹的休息、無聊以及享受個別祕密樂趣的時光。夜空上也沒有月亮。

這麼說來，哥哥他們發生車禍的夜晚，也沒有月亮。不只是這樣，我聽說救命淵發生死亡車禍的時間，多半都是沒有月亮的夜晚。

「所以掉進水淵的遺體，很多時候都找不到。因爲是在山上，若是至少有點月光，或許也會更容易搜索一些。所以下落不明、推定死亡的，並不是只有妳哥哥而已。」

唯有車頭燈可以依靠的夜晚山路上，或許有什麼讓操控方向盤的駕駛受驚，釀成車禍。

像是野貓或野兔突然穿越馬路——

這時，身邊突然響起一道劇烈的聲響，讓我回過神來。

「非常抱歉！」

是個像打工人員的年輕服務生。托盤上的水壺滑落，蓋子朝下地落在我旁邊座椅。涼水濺到了膝蓋。不僅如此，我的包包就放在旁邊的椅子上。屋漏偏逢連夜雨，那是柔軟的布製包包，連袋內都整個濕透了。

我不想為了這種事大呼小叫。對方都恭敬地賠罪了，而且幸好皮包裡只放了錢包和手帕。不過白天在「步屋」買的草木染手帕還在裡面。我還特地請店家五條各別幫我包裝起來，這下子全都被淋濕，沒法當成禮物送人了。

回到房間，拆開濕掉的包裝紙，我發現手帕本身用塑膠袋裝起來，因此完好如初。沒關係，本來就是我喜歡才買的，拿來自用就好了。母親也會開心吧。同事那邊，再買別的東西送就好了——我看著手帕這麼想。

這時，我發現曼珠沙華圖案的手帕邊角寫有名字。

仔細一看，其他手帕也有。有的是英文字母的首字母，有的是平假名。應該就像是作者的署名吧。

然後，曼珠沙華圖案的手帕，署名是「ＩＫＫＩ」。

「ＩＫＫＩ」——一樹（註）。

是哥哥的綽號。有些朋友會把哥哥的名字略稱爲「ＩＫＫＩ」。不管是個性還是年紀——畢竟他過世的時候才二十歲——都討厭硬邦邦禮節的哥哥，在寄賀年卡等給親近的人時，有時也會故意簽上「ＩＫＫＩ」……

難道……

是巧合吧，我想。在現代，一樹或許不是什麼罕見的名字了。搞不好打開電話簿，要找到太郎或次郎這些名字還比較困難。然後，一樹這個名字擁有「ＩＫＫＩ」這個綽號，也是順理成章的事。

我擠出笑容，摺起手帕。將濕掉的布包晾在浴室，把手帕收進裝換洗衣物的波士頓包，順便收拾一下周遭的雜物。打開電視，再休息一下，然後早點上床吧。今天已經累了……

然而我無法專注在電視節目上，躺下來也完全感覺不到睡意，只有心跳愈來愈急促。

我終於爬了起來，梳理頭髮，抹上口紅，抓起外套。因爲太急了，走出房門的時候，腳上還穿著飯店的室內拖鞋。我咂了一下舌頭，踹掉拖鞋，趿上運動鞋，走向電梯。

「步屋」已經打烊了，但隔壁的咖啡廳還在營業。晚上好像會變成酒吧。店內有幾對年輕情侶客，輕柔地播放著音樂。排列著色彩繽紛咖啡杯的架子前面，就站著白天在「步屋」向我攀談的那名中年店員。

我說出「晚安」的聲音，聽起來有些激動沙啞。

「這個嘛……」

就如同初會時感覺到的，中年店員就是「步屋」和隔壁咖啡廳的老闆。他自稱石田。現在繫著印有威士忌廠商名稱的圍裙。

「小花井村的事，我們也不是很清楚。」

他說村子裡有沒有叫做一樹——或相馬的人，他毫無頭緒。那張和善的臉變得愁眉苦臉，看起來眞的很困擾。

我們隔著一張小桌對坐，我朝他探出上身：

「可是那些草木染手帕是從小花井村批來的吧？是村人直接送來賣的吧？」

「對啊，沒有什麼中間批發商。」

我掏出錢包，取出總是隨身攜帶的哥哥的照片：

「請你看一下，這個人有沒有來過這裡？這是十年前照片了，或許長相有些不同。」

石田捏起邊緣褪成褐色的照片，看了一會兒。很快地，他緩緩地搖了搖頭：

註：「一樹」的日文發音爲KAZUKI，但從字面漢字，也可讀爲IKKI。

「看不出來呢……或許有，或許沒有。我很少跟那座村子的人碰面。」

他把照片放到桌上，推還給我。

「可是，村人也會下來買東西吧？」

「他們會下去更山腳的地方。因爲這裡就像是用來接收觀光客的容器。再說，我說過好幾次了，我們和那座村子的人幾乎沒有往來。因爲他們不喜歡跟我們打交道。所以不只是我而已，妳去問這裡的每一個人，答案都是一樣的。小花井村眞的很封閉。」

我拿起杯子，喝了石田請我的金巴利蘇打。

「我想過去看看。」

「什麼？」

「我想去小花井村。可以告訴我在哪裡嗎？我是開車來的，只要知道路……」

我話還沒說完，石田就打斷我說「不行不行，沒辦法的」。

「妳說開車來，是一般的小轎車吧？」

「是啊。」

「那沒辦法爬那條山路的。非得是四輪驅動才有辦法。而且憑妳的開車技術……」

租車就行了——我表現出勢在必行的態度，石田便一臉嚴肅地接著說：

「而且別嫌我囉唆，那座村子眞的非常排外。連這裡的人都不會去拜訪那裡。就算妳這個外地人突然跑去，也不可能受到歡迎。可不能把那裡想成跟這裡一樣的地方。那是山上的、眞的是一把就可以抓起來的小地方，幾間屋子湊在一塊兒的小聚落。」

「意思是，就算我去，也不會有人理我嗎？」

「沒人理還好。」石田以有些刁難的眼神補充說。「我是說妳可能遇到不好的事。」

我沉默了。因爲雖然不是把石田的話當眞，但我明白他是想要表達，那不是可以像在都市訪友那樣輕鬆前往的地方。

再說——我想到如果這個「ＩＫＫＩ」是哥哥的話，那麼他怎麼會長達十年之間，在小花井村那樣的地方離群索居？應該有某些理由才對。如果不考慮這些，冒然前往，或許反而會讓哥哥疏遠了我。

儘管我這麼想，同時卻也覺得「哥哥撿回一命，一直悄悄地躲在山上，這實在太離譜了」。如果哥哥過得好好的，這十年間最起碼該聯絡家裡一次才對。至少我記憶中的哥哥，不是那種會把意外當成好機會，和家裡斷絕關係的人。雖然他經常和父母還有我這個妹妹吵架，但我們應該不是感情如此冰冷的家庭。

但如果有什麼隱情，逼得這樣的哥哥不得不放棄聯絡家裡的話——

「我說小姐啊，妳爲什麼對小花井村那麼好奇？」

石田問道，我遲疑起來。

「這個叫ＩＫＫＩ的人，對妳那麼重要嗎？」

石田追問，我立下決心，說出實情。因爲石田的臉頰浮現了一種下作的好奇心。

但聽完之後，他露出一整個掃興的表情，搔著肥胖的上臂說：

「什麼啊，原來是這樣。雖然令人同情，可是小姐啊，我從來沒聽說過掉進救命淵的人獲救的事。那裡過去也有好幾個人就這樣掉進去，再也找不到屍體。名字一樣只是巧合罷了。我勸妳不要抱太大的期望。」

由於先前那樣興沖沖地出門，因此格外疲累。回到飯店，坐上電梯時，在途中的樓層，那個弄掉水壺的服務生進來了。手中端著蓋著布的托盆，應該是去回收客房送餐服務的餐具。他一看到我，便慌張地又開始道歉。

「已經沒事了啦。」

我說，接著想到：這個服務生看起來像當地人，而且對我這麼惶恐。如果問他小花井村的事，或許可以得到比石田更像話一點的答案。

「欸，我可以請教個問題嗎？」

我請他在我的客房所在的樓層一起下電梯，開口問道。男服務生在近處一看，感覺臉頰甚至還帶著胎毛，他像個膽小的孩子般眨著眼睛，聆聽我的問題。

「小花井村的事，我也不是很清楚。」

他說，用沒拿托盆的手搔了搔頭。

「你以前學校的同學裡面，有沒有小花井村的人？」

「那是個小村子，所以也沒有什麼小孩子。我的朋友裡面沒有那裡的人耶。」

男服務生一笑，頓時就變得很孩子氣。我也露出笑容：

「這樣啊。欸，我想去小花井村看看，你知道怎麼走嗎？可以告訴我嗎？帶我去也可以。當然，我會付你工資。」

男服務生好像嚇了一跳：「您要去那種地方做什麼？」

「那裡生產漂亮的草木染織品不是嗎？我很有興趣。」

「這樣啊……」他歪起頭來。「但我也只知道大概的方向而已，沒自信可以帶路。」

「不管問誰都這樣說。小花井村簡直就像神祕村落呢。」

「神祕村落？」

「就像龍宮城。」

我這麼說，他滑稽地笑了：

「不是那麼古怪的地方啦。而且東京也有高級日本料理店的人會去買木炭。」

「可是，那些人也不會上去村子吧？」

「唔……可是村子裡的人滿常下來買東西的。也會下來看醫生……」

說到這裡，他忽然睜圓了眼睛：

「啊，對了。如果您無論如何都想去小花井村，這樣做如何？等村人下來的時候，跟他們說明理由，請他們帶您過去。」

男服務生說，飯店有一名女員工，認識住在小花井村的女子。

「她說是在看牙醫的時候一起坐在候診室，經常遇到，現在碰面的時候都會打招呼。她說今天也遇到那位小姐了。好像是爲了治療蛀牙，長期看診，明天也有約診。」

男服務生說那家牙醫診所在站前。

「名字叫什麼去了呢……不過聽說那小姐長得非常漂亮，去的話，應該馬上就可以認出來了吧？」

我腦中閃過一幕。白天在救命淵擦身而過、如曼珠沙華般豔紅嘴唇的女子——

「謝謝你。我會這麼做。」

我將表情有些不可思議的服務生推進電梯裡，前往自己的客房。無意識之間伸舌舔了舔變得乾燥、連半點口紅都不剩的自己嘴唇……

3

這是場古怪的監視行動。

因爲是鄉下地方，所以就算是觀光地，土地也可以用得很闊氣。就連鎮上的牙醫診所都有廣人的病患專用停車場。因此我可以把車子停在角落，好整以暇等待。因爲不知道那名女子約幾點，因此我查了一下牙醫的看診時間，那段期間連廁所都不去，一直盯著人車進出。

今天也是個爽朗的好天氣，空氣中有著嫩葉的香氣。

然而我卻煩躁地咬著指甲。連雜誌都不能看。不管是放錄音帶還是開廣播，什麼都聽不進去。腳下輕飄飄的，卻緊張到胃痛，甚至覺得心律不整。我連自己都不明白怎麼會緊張成這副德行，而且明知道腦中的猜測荒誕到可笑，卻甚至擠不出半點笑容。

就好像一枚草木染的手帕，把我搞成了半個瘋子。

下午三點整，一輛眼熟的車子出現在專用停車場的入口。

車子從我的右後方開過來，所以我首先看到副駕駛座的人側臉。是昨天的女子。今天頭髮沒有綁，披散在雙肩上，任由髮絲在敞開車窗吹進來的風中飛揚。

車子緩慢地轉彎，進入停車場。停在最前面的車位。駕駛的臉被擋住，但似乎是男性。

他以熟練的技術，一次便將車子筆直貼著地上的白線停好，熄掉引擎。

先是女子下車了。個子比我稍高一些。如同想像，身形苗條，有著一雙美腿。穿著洗得褪色的牛仔褲、白襯衫和白色運動鞋，打扮很樸素，卻反而更襯托出她的美貌。

但今天的她似乎有點不太舒服，一下車就用左手按住了臉頰。聽說她是來治療蛀牙的，或許是腫起來了。雖然只是遠遠地看到，但唇色似乎也比昨天淡了一些。

駕駛座車門打開，駕駛走下車來。是男性。穿著和她一樣的牛仔褲和襯衫。看起來像一對新婚夫妻。他繞到車子前面，看向摀著臉頰、有些彎腰駝背的她的臉，笑了一下，扶著她的手肘，朝牙醫診所的門口走去。

我無法呼吸了。發不出聲音。就像木偶般無力地張合著嘴巴，盯著離去的兩人。女子的頭髮輝映著陽光，一清二楚地照亮比她高出一顆頭的男子側臉。

瞬間，我莫名地被某種近似強烈憤怒的感情給攫住，用手掌猛拍方向盤中央，按響喇叭。一次又一次，直到兩人停步回頭。接著我踹開車門，衝出外面。

我們三人的視線在陽光下交會了。

我聽不見，但男子好像催促女子進去診所。他幫忙開門，輕輕地將擔心地抓住他的手腕的女子推進去。嘴唇翕動，我覺得是在說「我馬上就來」。

門關上後，女子身影不見了。男子慢慢走過來。我等待我們的距離縮短，開口了：

「哥？」

對方沒有立刻回答。拳頭在身側緊握著，但沒多久便鬆開來，語尾微微顫抖地開口了：

「孝孝嗎？」

會這樣叫我的名字——相馬孝子的，就只有哥哥。瞬間，淚水奪眶而出。

4

「你長白頭髮了，還是只是陽光反射？」

我們坐在「步屋」旁邊的咖啡廳。在昨晚和石田相對而坐的桌位，現在和哥哥一起坐著。我搜尋石田的身影，想要挺胸對他說「看吧，就跟我說的一樣，我哥還活著」，但他好像不在。

和二十歲的時候截然不同，哥哥的頭髮理短了，以自然的感覺三七分。雖然沒有特別的根據，但我確信替他理髮的就是那名女子。一定是的。

哥哥摸著頭頂一帶，苦笑：

「我已經三十了。很快就要三十一了，當然有白頭髮。」

「是啊，我們家有少年白的基因嘛。」

我認識的二十歲青年，不會像這樣穩重地說話。十年的歲月，或許把哥哥這個人從乘風飛翔的燕子，變成了守著鳥巢的鶺鴒。

守著鳥巢嗎？我問：

「剛才那女生是你女朋友？」

停頓了片刻之後，哥哥回答：「是我老婆。」

我並沒有感到太大的震驚，但下一句話讓我有些天旋地轉：

「也有孩子。今年秋天就四歲了。」

哥哥有孩子——

爲什麼這件事更讓我慌張？大概是因爲我本能地判斷，就算可以叫哥哥和女人分手，也不可能把他和孩子拆散。

沒錯，我已經在盤算要把哥哥帶回去了。我會打聽哥哥現在身邊的人際關係，也是想知道要把哥哥帶回去，必須切斷多少關係和羈絆才行。

因爲哥哥是我們家的人。

「先擱下重逢的喜悅，」我說。我害怕看到哥哥的臉而退縮，直盯著冷開水的玻璃杯。「爲什麼你一直沒有聯絡家裡？你知道爸媽跟我多傷心嗎？你都沒有想起我們嗎？」

哥哥沉默良久。櫃檯那裡，貌似觀光客的一對夫妻正向店員問路，聽起來格外聒噪。

「我沒有一天不想起你們。」哥哥小小聲地說。「是眞的。」

「那爲什麼……」

「因爲我太膽小了。」

哥哥低聲呢喃，視線望向我的肩後，就像在遙望遠方。

「我一個人倖存下來，實在提不起勇氣厚著臉皮回去。」

哥哥訥訥地說。

「車禍的時候，在車子掉進水淵前，我被拋出車外了。我覺得是因爲我沒有繫安全帶的關係，因禍得福。」

但還是撞斷了手腳，倒在那裡，一動也不能動。結果被路過的小花井村人救起來了。

「被搬上車，離開現場時，我對救我的人說：我還有朋友。對方告訴我，他們連人帶車掉進水淵了——」

哥哥失去意識，醒來的時候，躺在陌生的房間裡。

「村子裡沒有醫生，但有治療挫傷和骨折的專家。喏，孝孝妳也記得吧？我們家附近不是有接骨大夫嗎？就類似那種的。事實上我也眞的痊癒了。山上到了冬天，每天的氣溫都降到冰點以下，但我從來不會舊傷發作，感到難受。」

爲什麼村人不帶他去山下的城鎭醫院？爲什麼不報警？哥哥說他知道理由。

「他們說……如果我下去城鎮，就會被抓走，負起車禍的責任。」

二十歲沒見過世面的學生信了這話。

「出車禍時，開車的是河合，不是我。我坐在副駕駛座。可是村人說，就算活下來的我這麼主張，也不會有人相信。相反地，他們會抨擊我，說死人不能說話，所以我把責任都推到朋友身上，卑鄙無恥──」

回想起這十年間的泥巴戰，我垂下目光。

「就算沒有那些，只有我一個人活下來，也讓我覺得非常心虛。我覺得乾脆死了還比較好，但也覺得幸好得救了。我自己也不知道該怎麼辦才好。」

等到能走動以後，哥哥每天想著「今天就下山吧！」「今天就聯絡家裡吧！」，卻怎麼樣都無法付諸實行。

「村人下山的時候，都會打聽消息捎給我。所以我也知道我被當成死人了。是不是乾脆就這樣比較好？──與其我一個人回到家人身邊，招來其他三家怨恨，乾脆就這樣留在這個村子活下去，對彼此是不是更幸福？──我這樣想……」

待在村子裡，便會與村人交流，自然而然地開始幫忙工作。耕種、學習燒炭技術──漸漸地，被村子接納成爲其中一員。結婚、生子，組成家庭。然後在那裡扎了根。

「或許還有人在找我，也不知道會遇到誰，所以一開始的七、八年，我完全不敢下山。

這兩三年，下山的次數也屈指可數。今天是因爲我老婆牙痛很嚴重，我擔心她一個人開車危險，所以陪她來。沒想到居然會遇到妳……爲什麼妳會覺得我可能還活著？」

我說出理由，哥哥慢慢點頭。

「這樣啊。那些草木染，是莳子做興趣的。ＩＫＫＩ就像是她的雅號。」

「莳子？」我明知故問。「這是她的名字嗎？」

哥哥點點頭。「回頭我再介紹給妳。妳一定也會喜歡她的。」

「眞可憐，她只能是同居人呢。」

我噘起嘴巴，挖苦地說。漆黑的烏雲凝固在肚腹裡。我想要把它透過話語發洩出來。

「哥在戶籍上已經是死人了嘛。小孩子也是死人的孩子。那孩子要怎麼辦？就變成她的私生子嗎？這樣就好了嗎？」

哥哥露出極悲傷的表情。「只要活在村子裡，是什麼出身都無所謂。」

「一輩子當個井底蛙喔？」

「不是只有出去外面的世界闖蕩才有價值。小花井村有必須傳承下去的技術和傳統。」

哥哥的眼神變得堅定。

「我被那裡的村人救助，在那裡生活，漸漸瞭解了這件事。」

我勃然大怒：「要不要我告訴你，你爲了報恩，泡在那什麼重要的傳統裡面的時候，下界的我們過得有多淒慘？要我告訴你這十年來，爲了死掉的你的名聲，我們進行了多慘烈的訴訟嗎？」

但我繼續說下去之前，店門便打開來，一條人影滑了進來。是那個女人。

她筆直來到哥哥旁邊，在他身旁立定，手輕放在他的手肘上。

「已經說完了嗎？」

我和哥哥睽違十年再會，這女人卻好像完全沒有顧慮到這點。那張臉就像在說她跟我昨天也才見過，只要想見，隨時都可以見面。甚至沒有禮貌性地催促哥哥介紹我。

「蒔子——」

可能是覺得尷尬，哥哥皺眉仰望她。但哥哥更強烈地被哪一邊所吸引，連想都不用想。從臉色、表情和眼神就知道了。占據了哥哥的心的，是這個女人。

第一次在近處見到的她，比遠遠地看到時更加美豔。沒有化妝，臉頰也有點腫，也許是因爲牙齒痛，氣色也不太好。然而就連這些負面因素，都爲她端正的五官增添了無以名狀的虛幻氛圍，反而更具魅力。

是曼珠沙華的花——我心想。不是必須受到細心呵護，才能美豔盛開的嬌弱玫瑰。而是即使在墓地裡，也能開出豔麗紅花的曼珠沙華。死人花。緊緊地纏繞住法律上已死的哥哥而盛開——

非把哥哥從這個女人身上拉開來不可。十年的歲月和這個女人是敵人。

我在內心咬牙切齒。如果現在當場說出父親半死不活、母親也爲了照護而油盡燈枯，家裡爲了持續了十年的纏訟而筋疲力竭，耗掉大半存款，我就快變成偏執的老小姐，連職場待起來都如坐針氈——如果把這些全說出來，會怎麼樣？

哥哥會擔心父親的病情吧。會爲此傷心一下吧。但隨著日子過去，他的關心又會回到健康美麗的妻子和兒子身上。

一定是的。因爲男人本來就是會離開原生家庭的。

但不能是現在。這種狀況不對。因爲哥哥從十年前就一直受到欺騙。村人恐嚇說下山就會被問罪逮捕，把哥哥綁在村子裡，當成奴隸，尤其是成了哥哥妻子的這個女人，我對他們感覺到近乎瘋狂的憎恨。

「我們晚點再談吧，哥。」我站了起來。彷彿以此爲信號，哥哥也站了起來。蒔子環抱住他的手臂，就像要鞏固防禦。

「不好意思，請妳放手。」

我刻意彬彬有禮地對她說。蒔子以探詢的眼神仰望哥哥，但他從口袋裡掏出鑰匙遞過去說「妳先去發動車子」，她便不甘不願接下了。

「快點喔。一平午覺醒來，一定會哭著要找爸爸。」

她留下這話，離開店裡。

小孩子叫一平嗎？可是我不想知道，也不想看姪子。

「今天晚上你再過來這裡。我們兩個好好談一談。我不想被那個人打擾。」

哥哥一臉困擾：「晚上不行。我不能隨便離家，也不能用車。」

「那不是哥的車嗎？」

「是村子共用的車。」

「這種生活，簡直就像奴隸。還是軍隊？哥是底下的小卒嗎？」

「不要那樣說。」

我咬緊牙關：「那好吧，我過去找你。」

「來村子？不行的。妳不知道路——」

「到半路應該沒問題。哥還有腳可以走路吧？你走到能走的地方等我，這不就行了嗎！」

哥哥退縮了：「好啦，那就這樣吧。救命淵前面，懸崖那裡有棵大楠樹，就約在那裡吧。那裡有很高的柵欄，而且大樹可以當成記號，不會搞錯。」

我們約在午夜零時碰面，就此道別。

三更半夜正合我意。和哥哥談著談著，我的心跳又開始加速了。只要哥哥上車，就等於落入我的手中了。就那樣直接把他載回東京吧！

我勝券在握。

5

這天晚上出發前，爲了愼重起見，我去了「步屋」，向石田確定大楠樹的地點。他說沒辦法用口頭說明。

「妳等一下，我去拿紙畫地圖給妳。」

片刻之後他回來，在廣告單背面用鉛筆畫了拙劣的圖給我。但作爲地圖相當正確。這一點在稍後便獲得了證明。

離開「步屋」，孤孤單單地開在夜晚的道路上，我在腦中整理等一下要告訴哥哥的話。哥，你醒醒啊！你是上當了。就算只有一個人活下來，說什麼哥哥就必須負起肇事責任，這都是騙人的。

因爲我們在審判中勝訴了。

從河合遺體上的傷口位置及程度，推測他的致命傷，即胸口的挫傷，是猛烈撞擊方向盤而造成的——最後法庭採用了這樣的鑑定報告，判我們勝訴。

雖然花了很久，但眞實地贏得勝利了。哥哥完全沒必要害怕。

如果哥哥無論如何都不想離開妻兒，我打算勸他等回家安頓下來以後，再把妻兒接下山就好了。總之先回家一趟吧！從龍宮城回來吧！

只要讓他回到現實，接下來方法多得是。

確實，蒔子是個強敵。但都市有數不清可以成為我的武器的東西，像是便利且多采多姿的生活。這次必須由我們家人幫哥哥洗腦，好塡補十年的空缺，讓他做出正確的選擇。

如果想要的時候隨時都可以得到玫瑰花，誰會去買什麼曼珠沙華？

我陶醉在勝利當中。被勝利沖昏了頭。因此當車子即將來到救命淵，一片燦光突然照進擋風玻璃，刺進眼睛時，我的臉上都還在笑。

車子全毀。

接下來我什麼都不記得。

恢復意識時，我正仰望著夜空。人躺在地面。全身都在作痛，反而幾乎麻木了。

遠方傳來人聲：

「幸好我一直盯著她。我畫的地圖很正確。」

是石田的聲音。

難以置信的錯愕，以及輕忽大意的懊惱充斥了胸口。滴水不漏的小花井村居民，居然在山下安排了間諜嗎？

拖行重物的聲音。我眨眨眼皮轉動眼珠，視野角落看見一臺小型投光機。我就是被那東西的光迎面射中，瞬間失明。

「一樹是寶貴的人才，可不能被帶走。」

陌生的聲音說道。是老人的聲音。

我閉上眼睛思考。

小花井村的人，是不是過去也多次像這樣引發「車禍」——？

那座村子人口極少，若是坐以待斃，會自然消滅。但是他們有著對土地的依戀，以及對傳統產業的執著。想要傳承下去，所以需要新血。

因此他們會物色來訪的觀光客，挑選感覺可用的人才，安排「車禍」。巧言誘導倖存下來的一人或兩人，不讓他們回歸原本的生活——

藉由這麼做，維持村子的生命。

「救命淵」到底是在救誰的命？我總算明白了。

纖細的人影走近我，在我的腦袋旁邊蹲了下來。一陣甜香傳來。

是蒔子。

「我把時鐘調慢了，所以一樹還沒有來。」

她細語似地說。

「他一定會以爲是妳自撞車禍吧。一定會非常傷心吧。太可憐了，我得陪著他才行。」

疑似剛才說話的老人人影探頭看我：

「還是妳也要來我們村子？可以過著遠比東京更像人的生活。」

老人轉向蒔子：

「我記得一夫的媳婦還沒有決定吧？」

「對。」蒔子答道。接著柔聲對我說：「妳也結婚就好了。這麼一來，就能刻骨銘心地瞭解到搶走一個女人的丈夫是多麼殘忍的行爲了。」

甜香又掠過鼻腔。

大概是曼珠沙華的香味。失去意識前，我忽然這麼想。

在我死後

占據了體育報頭版的一張照片。

畫面中央是一名年輕投手。制服胸口上球團的LOGO和背號21，被略微前屈的他身體遮住了。

投手正走下投手丘，前往休息區。背景是顯眼得近乎殘酷的白色投手板。背對這裡的三壘手。以釘鞋的鞋尖踹著草地，盯著腳下的游擊手。

離開投手板的投手。他正要跨過界線。這時他以觸摸帽沿的動作爲掩飾，抹去不能讓任何人看到的淚水——

鏡頭捕捉到這一刻。然後裝模作樣的記者下的標題，就附在照片下方：

「孤獨」。

1

是喝醉了。所以才會被人找碴幹架也說不定。

「喂，佐久間，賽季都開始了，你還在這種地方鬼混，我們隊伍才會連敗，你懂不懂啊，喂！」

對方吼著類似這樣的內容。雖然不記得頂撞回去，但有回嘴說了什麼的印象。好像也甩開被抓住的左手。對方是一個人……還是兩個人？搞不好是我們隊的球迷。都無所謂了。

回過神時，他癱在地上。右頰貼在地面，右臂壓在身下，以有些扭曲的姿勢倒地。

我遇到了什麼事？

腦袋也昏昏沉沉的。令人介意的是心窩很冰冷。即使想要移動放在地上的左手摸索看看，也又重又倦，半點都無法移動。

那右手呢？右手會動嗎？如果是十萬火急的場面，或許會動——

不，果然動不了。明明應該早就死了心，但一想到就連這種時候也不聽使喚，就覺得不甘心極了。

徒勞地試了幾回後，身體深處冰冷地痛了起來。這讓他恢復了記憶。

沒錯。自己被刺傷了。

心窩很冰冷，是因爲流血了。

雙方互罵的時候，對方的手好像亮了一下。嘖，原來那是刀子。

那人怎麼那麼火爆？這年頭的球迷，居然有那種人。心底總是積壓著危險的不滿，想要透過棒球來發洩……

我這人也實在是衰到家了。他陶醉地委身於拍打上來的懶散浪濤，這麼想著。都淪落到這種地步了，還能遇到那種球迷，眞是倒楣的、可憐的佐久間實。蠢到家的、右手抬不起來的主戰投手。

但手沒有受傷，太好了。就算是傷中——一直在傷中再也無法投球的手，要是被砍傷，下葬的時候也太難看了。只要沒有傷，就不會被發現這條右臂別說投球了，根本連自己的褲頭都提不起來——

記得相撲選手的力道山，也是遭到暴徒攻擊被刺死的——棒球選手的話，我是第一個得到這種榮譽的人吧——都隨便了啦——什麼都——無所謂了——只是——我作夢都想不到——居然會是這種死法——眞是——

意識開始斷斷續續，很快地，眼前變得一片漆黑。

冰涼的手觸摸額頭。

其實他並不想醒來。他想要繼續睡下去。但觸摸額頭的手冷得像冰，籠罩著意識的迷霧似乎被那冰冷一掃而空了。

他把眼睛睜開一半。

「起來。快點起來。」聲音說。

我不要。他在內心應道。就彷彿聽見了他的心聲，觸摸額頭的手離開，這回開始搖晃起他的肩膀。

「喂，叫你起來啦。」聲音耐性十足地繼續呼喚。是有點高的女聲。

實終於張開了眼睛。

「醒了？」

手依然搭在他肩上，剛才的聲音繼續對他說話。臉頰貼在地面，看不見聲音的主人。

他艱辛地試著抬頭，聲音的主人輕鬆地用右手將他翻成仰躺，探頭看過來。

渙散的視線焦點聚攏之後，總算看見對方的臉了。

是個年輕女子。

臉蛋白皙，長長的頭髮披在肩上，以正經八百的表情俯視著他。女子跪在他的身邊，以右手不停地搖晃他的肩膀。

「好像醒了。可以自己起來嗎？要我扶你嗎？」

實的頭頂是一片夜空。雖然不能說是滿天星辰，但以東京來說，算是滿精采的星空了。也許是因爲白天風夠強的關係。

他覺得背很冷。似乎是直接躺在堅硬的地面。

而且身邊跟著一名陌生小姐。

他突然覺得這樣的自己很滑稽，爬了起來。如果活動，或許會有哪裡痛、可能會很難受——戒心立即發動，但這是多餘的擔心。身體十分輕盈。

「我到底在這裡做什麼？」

「你倒在地上。」身旁的年輕女子說。

就算已經四月了，夜晚的氣溫還是相當低。然而女子只穿了一件薄上衣，任由夜風穿過衣領。可是看起來卻一點都不冷，十分奇妙。

「倒在地上……對喔，我想起來了。我記得跟人吵架。然後好像挨了刀——」

實俯視自己的身體。意識斷絕之前感覺到的心窩冰冷觸感消失了。沒有他以爲應該在那裡的刀子，也沒有挨刀的傷痕。

我是在作夢嗎？

抬頭四下張望。地點沒有錯，是在回宿舍路上的那座公園裡。花瓣謝了大半、變得宛如殘骸的櫻花行道樹底下，狹長的步道延伸而出。這條路是前往宿舍後門的捷徑。

「喏，起來吧！」

年輕女子拉扯他的左手。一樣只用右手，動作輕巧，就像撈起小洋娃娃一樣。

但只是被那隻手一拉，他便一下子站了起來。有種體重消失的感覺。明明選手資料上，他應該是身高一八〇公分，體重七十八公斤的壯漢。

站起來一看，熟悉的景色以正常的高度映入眼簾。

「看，沒事吧？」

女子仰望實說。她比他矮了一顆頭。

女子臉蛋小巧可愛。沒有燙過的頭髮是漆黑的，在下巴的長度齊剪。

不過，他覺得很不時尚。和那些會在球場通行門等他的女球迷髮型打扮相當不同。實也不是特別瞭解女球迷的時尚流行。但即使以他的目光來看，女子的穿著也滿土的。長度到小腿一半的裙子，是看起來很沉重的寬裙襬設計。高跟鞋的鞋頭是圓的，鞋跟則是又粗又短。

不過鞋子露出來的她的腳踝纖細美麗。

「看你能那樣目不轉睛地觀察我，應該是沒事了。」

女子說，豐滿的臉頰放鬆下來，露出笑容。

他支吾起來：

「妳好像救了我……」

「我沒有救你。」

女子明確地搖頭。

「你現在人在中間。」

「中間？」

看——她說，指著腳下。實在她纖細的指頭指示的方向看見了他。

地面倒著自己——右身朝下、臉上帶著擦傷、披頭散髮、心窩插著一把刀的姿態。

那張臉前所未見地蒼白。好像也沒有呼吸。

他呆掉了。這裡的自己，和倒在那裡的自己。

不管眨眼多少次，倒地的自己都沒有消失。就彷彿將鏡子翻轉過來似的。他微微搖頭，慢慢地後退。

「這個你是肉體的你，已經快死了。」

女子指著倒地的他說，口氣就像在說「今天天氣真好」。

「已經快死了……」

他鸚鵡學舌地喃喃道，女子對他點點頭。接著俯視倒地的他微笑：

「這邊的你只有靈魂。然後我是把你領到另一個世界的嚮導員。幸會。」

2

這陣子，實一點都不覺得死亡可怕。他甚至認爲死了更好，省得麻煩。

即使如此——

「我還搞不太清楚到底是怎麼回事。」

「我想也是。一開始每個人都是這樣的。」

女子淡漠回答，轉身背對他走了出去。被留下的他遲疑，再次俯視了腳下的自己一眼。

跟剛才一樣。

女子回頭：

「怎麼了？」

「什麼怎麼了——」

「自己確定看看吧，喏。」女子指著停在公園外面的車。

是低底盤的大型車，車窗玻璃是青銅色的。在公園圍牆邊的路燈照射下，引擎蓋反射著銀光。實膽戰心驚地朝那裡走去。正確地說，比起走路，感覺更像用飄的。鞋底沒有碰到地面的觸感。

「妳說確定，要怎麼確定？」

他問著，再次回頭瞄了一眼。丟下倒地的人不管，總讓人有種愧疚感。即使那是——據說是他自己的空殼子。

「你看看車窗。」嚮導小姐指著側窗說。他依言照做。

路燈將車內照得一清二楚。是人造皮革車座。品味不太好。

「玻璃窗照不出來對吧？你和我都一樣。」她說，站到他旁邊來。

確實什麼都沒有照到。所以車內才能看得這麼清楚。

他一陣心驚。不管是這幾個月來因為臉頰凹陷而顯得更長的臉，或不管怎麼整理都往旁邊翹的劉海，還有高一沒接好球而被撞得有點右歪的鼻子都是。

「怎麼會……」

他雖然開始慌了，但還是擠出笑容。

「一定是光線的關係啦。」

「要這麼想是你的自由。」

實從車子退開一步，當場輕輕踏了踏地面。

果然，足不點地。不管試驗多少次，都是一樣的觸感，幾乎教人氣惱。

他靈機一動，舉起右手看看。

動不了。一動也不動。實惡狠狠地瞪女子：

「右手舉不起來。」

「所以呢？」

「如果我真的死了，只剩下靈魂，身體的缺陷不是應該也會痊癒嗎？」

女子輕笑了一下：

「那就不是身體的問題吧。右手舉不起來，原因出在你的靈魂。」

實知道自己臉上的表情消失了。見實怔在原地，嚮導小姐道歉說：

「對不起，這方面的事，我不太清楚。」

這時一個貌似下班回家的中年上班族朝這裡走了過來。嚮導小姐輕甩了一下頭，像小馬般甩開落在臉頰上的髮絲，右手按住實的背部，將他朝上班族推去。

「喏，你用那個人試試看。」

「怎麼試？」

「怎麼試都行。你可以問他時間或問路，也可以『哇』一聲嚇唬他。」

實被說動似地，踏出一步，擋在那名上班族身前。

突然間，一切都讓他感到荒謬極了。這到底是在幹麼？又不是電影，如果是精心策畫的惡作劇，根本是浪費時間。

「喂——」妳鬧夠了沒？實開口，揮手轉向「嚮導員」時，那名上班族走近了。不只是走近而已——

整個人穿過了他的身體。

那是一股難以形容的恐怖感覺。就好像高速開過高低差劇烈的道路，或電梯從四十樓高速下墜，若是以更貼近身邊但令人難忘的經驗來比喻，就像是滿壘上場救援，結果第一球就被打到觀眾席去，那種胃袋飛出半空的感覺。

「喏，你懂了吧？」

嚮導小姐頭一次以同情的語氣喃喃道。

華燈初上，東京的街道就像剛學會夜遊的年輕女孩，心神浮動。春季夜晚，就連看似閑靜的住宅區，窗簾裡頭亦充滿了音樂燈光，以及明亮的人聲。空氣清澈，但已不再寒冷刺骨。號誌、霓虹燈以及交會的車燈，都彷彿柔和地蕩漾在大氣裡。

在這樣的夜晚，即使是三杯下肚、即使是沉醉在愛河而盲目、即使是下班後筋疲力盡返家的途中、即使是趁著讀書的空檔偷看窗外，只要稍微豎起耳朵，就能聽見春天這個季節的波浪正暖洋洋地反覆拍打上來。只要稍微定睛細看，就能看出即使是如此雜亂的城市，仍有彷彿洗盡一切鉛華的清麗時刻。

就是這樣一個夜晚。

3

「爲什麼我非得待在這樣的『中間』不可？」

實坐在公園低矮的磚牆上。他彎著身子，手肘抵在膝蓋上，咬著左手拳頭說。

右手就像一直以來那樣，無力地垂在身側。

「你就那麼急著死掉嗎？」

嚮導小姐問。她和實一樣坐著，但矮個子的她腳尖碰不到地，懸在半空中搖盪著。

「你不想要和親近的人道別的時間嗎？」

實沉默著。

「你應該有粉絲才對。」

「早就沒那種東西了。」

「這樣啊。」嚮導小姐輕聲喃喃，又甩開落在臉頰上的髮絲。

「現在或許是沒有粉絲會拿著寫有你名字的牌子，尖聲喊叫你的名字，或穿著印有你背號的和風外套，可是我想也不是每個人都忘了你……」
實停止咬拳頭，望向這位自稱「嚮導員」的女子。
「妳怎麼知道？而且妳怎麼會是把我帶去另一個世界的嚮導，這一點我就不懂。我以爲這種時候會是親人來接。像是五年前過世的我老爸。」
話才出口，實就在心中自我否定。要是知道現在的我什麼德行，老爸才不可能來接我。浮上心頭的這個想法，讓他的口氣變得冰冷、刻薄。
「妳也還沒有自我介紹吧？嚮導小姐是哪裡人？叫什麼？」
瞬間，女子垂下目光。經過的車燈一清二楚地照亮她的側臉。一陣風吹過，捲起人行道上的垃圾，但實感覺不到風，她的頭髮也文風不動。
脫離現實的感覺再次湧上心頭，實差點笑出來。
怎麼可能？這眞的是現實發生的事嗎？
「我知道你。」
嚮導小姐輕聲呢喃。
「佐久間實，F大畢業。投手。右投右打，背號21。」
女子仰望他，抿唇一笑。
「王牌背號呢。你的隊伍因爲投手陣容薄弱，爲此困擾，所以你一入團，立刻就成了王牌支柱。」

實咧嘴而笑：

「那妳可以順便告訴我，我是從什麼時候開始被打入二軍的嗎？因爲那實在是太久以前的事了，連我自己都記不得了。」

「到今天剛好十個月。」她輕鬆地回答。「從你像那樣耍彆扭鬧脾氣開始，也已經十個月了。不要再咬手指了，很幼稚。」

實冷哼一聲，放下左手。

「你眞的不想見任何人？」

嚮導小姐探頭看實的臉問。

「你明白嗎？這是最後一次機會了。」

唐突地，實回答了：

「有。」

「誰？」

「醫生。替我醫治右手的杉浦醫生。」

實霍地從磚牆站起來。

「我有件事想要向他確定——在我死前。」

女子直盯著實看，接著跳下地面。

「那我們走吧。」女子以右手牽住他的左手。實的手感覺到她柔軟的手，一眨眼——

兩人已經站在「杉浦運動診所」的診療室了。

燈已經熄了，隔開診療室和後方的厚簾拉了起來，因此近乎一片漆黑。空氣中帶有一絲石蠟的氣味。應該是不久前有人做了他熟悉的石蠟浴。

實最後一次來這裡看診後，已經過了三個月。但這間診療室總是雜亂無章，熱敷床、矯正頭骨的橡皮帶、椅子和衣物籃等隨意擺放，這些他都還記得。

「小心絆倒啊。」實提醒之後，才想起已經沒這個必要了。

嚮導小姐吃吃輕笑。是那種會讓聽到的人覺得癢的笑。

「謝謝。可是我們就算說話，也不會有人聽見，撞到東西也不會發出聲音。」

實嘆了一口氣：

「我會快點習慣。」

她沒在聽。她如同字面描述地穿門而過，一會兒後輕飄飄折回來。

「有兩個人。」

裡面的會客室的話，實也知道。他和投手教練被帶進去過一兩次。

他也穿門而過。實際去做，輕而易舉。就像從打開的窗戶探頭出去一樣簡單。

會客室的兩人，是杉浦醫生和常泡在這裡的體育報記者。玻璃桌擺著兌水酒的杯子。

實返回診療室，嚮導小姐坐在治療用的床上，伸直了腿。她奇異地看著吊在頭上的環。

「怎麼樣？」她問。

「可以看病歷嗎？」

「可是是寫德文喔。」

實板起臉孔。

「既然都能瞬間移動了，怎麼不能在變成鬼的瞬間，連外國話都自動學會呢？」

「不是鬼，是靈魂。」

她輕巧地跳下床。

「你想看什麼？」

實撇下嘴角，片刻之後說：

「我的右手舉不起來的原因到底是什麼？」

嚮導小姐目不轉睛地看著實。

「問題眞的出在右肘嗎？」他按住自己的胸口。「還是在這裡……？」

實點頭催促，女子又搖頭甩開髮絲。這好像是她的習慣動作。

「這樣的話，讓他們兩個談論你如何？或許杉浦醫生會提到什麼。」

「怎麼做？」

「你知道你的病歷收在哪裡嗎？」

實指著角落的米白色檔案櫃。

「全部都在那裡面。依五十音順排列。」

女子輕飄飄地靠近那裡，做出輕輕招手的動作。抽屜順暢地打開來，整排病歷開始在看不見的風中搖晃，其中有一疊跳了出來，落在地上。

嚮導小姐雙手「啪」一聲合在一起，於是診療室的電燈開始閃爍，亮了起來。女子等了兩、三秒，再次「啪」地合上雙手，燈光「嗤」地熄滅了。

效果十足。杉浦醫師走了出來，抬頭看天花板說：「怎麼搞的？短路嗎？」咦？病歷怎麼掉在這種地方？我們的護士做事也太散漫了——啊，是佐久間的病歷。眞奇怪，他已經好幾個月沒來了啊。

記者叼著香菸踱了過來：

「說到佐久間，他怎麼樣了？上個球季——是五月嗎？」

「是六月十日，他的右手舉不起來的日子。」杉浦醫師把病歷放回抽屜，一把闔上。

接下來話題朝實想要知道的方向轉移。他和嚮導小姐各別站在醫師和記者的椅子旁邊，聆聽兩人的對話。

「我想他的問題出在心理。」

杉浦醫師咬扁了香菸，一臉苦澀地說。

「不過，我還在思考要如何讓他接受這個事實，他就沒有再來回診了。」

「醫生說心理因素，簡而言之就是變膽小了吧？」

「不，不是那麼單純的問題。不管怎麼樣，都是非常根深柢固的問題。不是深藏在連他自己都沒有意識到那就是原因的地方，就是完全相反——」

「相反？」

「他明知道原因，卻不願意承認，或害怕去承認，所以將其封閉在意識深處。應該是這其中之一吧。」

「可是……」不知是否被自己吐出來的煙薰到了，記者模仿海賊似地閉起一邊眼睛，冷笑說：「人會只因爲心理原因，就眞的手舉不起來嗎？又不是女人小孩歇斯底里發作。」

杉浦醫生沉默著。拇指搓揉著眉心，視線望著腳下。是「怎麼解釋都沒用」的神情。

「目前骨頭、關節或肌肉都看不出異常。雖然還需要更進一步檢查，不過請你在報上說前景樂觀啊。看到這樣的報導，或許佐久間也會提起繼續治療的意願。」

「球團的高層也沒那麼寬容，會永遠呵護鬧脾氣不肯投球的投手嘛。」

記者深吸一口菸，將菸蒂扔進菸灰缸裡。

「不過，球迷眞是寶貴呢。現在我們還是經常接到讀者詢問佐久間的近況。」

聽到這話，記者身邊的嚮導小姐看向實，表情在說「我就說吧？」

「投手這位置眞的很艱辛，所以能贏得同情。尤其是女性球迷的同情。我們的編輯部裡，也有個女生說她愛死投手走上投手丘時的背影，說男人的孤獨完全就是一幅畫。既然如此，怎麼不在我們中年大叔的背影看到一樣的孤獨呢？」

「想要贏得女生的青睞，咱們倆都得再加把勁減減肥才成呢。」

醫師說道，兩人笑了。

「騙子。」嚮導小姐說。

實和她走出杉浦診所後，漫無目的地走著。雖然正確地說，是在進行一般活人所做的「步行」動作。

「其實那位醫生說的事，你早就知道了吧？你自己也很清楚，你不是因爲受傷或身體異常而無法投球。」

沒錯。實心知肚明。

右手舉不起來，不是生理上的問題，不是能夠靠治療復原的。方法只有一個，那就是做一臺時光機，把實帶回十個月前的那場夜間賽，在那場可怕的事故發生前，把他從投手丘拉下來；否則就是回到更早以前的過去，防堵成爲一切禍根的事件。

換句話說，也就是不可能。

「我只是想確定一下，杉浦醫生察覺了多少。因爲我不想在我死後，被人任意揣測議論。不過如果他只知道那麼多，看來也不用太擔心了。」

實呆呆地仰望路燈。

他小時候流行過一種遊戲，看誰能精準地用石頭砸中附近的路燈，他也試過一次。當然只是玩玩，沒有認眞瞄準。

然而實丟出去的石頭不偏不倚地命中了，路燈破得一乾二淨。一道的朋友鼓譟起鬨，但下一秒便一哄而散。被留下來的實直到被某人的手揪住後衣領，才明白他們爲什麼要跑——

因爲這段回憶，他想起了一件事。

「我有時間回宿舍一下嗎？」

他回頭問，嚮導小姐點了點頭。

4

宿舍房間很小，也幾乎沒什麼家具。

「你很愛乾淨呢。」

一踏進房間，嚮導小姐便說。實苦笑道：

「球季才剛開幕，卻有閒把房間整理得乾乾淨淨，這絕對不是値得自豪的事。」

她站在門口旁邊等著。明明已經不必像活著的時候那樣客氣，卻不會大剌剌地直闖進來，她的拘謹讓實很有好感。

「你有什麼想要處理掉的東西嗎？」

「嗯，有樣東西。」

實用左手從房間配備的桌子抽屜取出一封信。

「這要怎麼做才能處理掉？我帶走就行了嗎？」

他擔心這樣做會不會變成屍體被發現時，信帶在屍體身上。

「你帶著就行了。」女子回答。實把信件收進外套內袋裡。她一直盯著看。

因爲四目相接，實別開目光。但她還是緊盯著看。

他拗不過女子的目光，開口了：

「只是普通的信件而已，不是什麼揭發過去醜聞的東西。」

「或許吧。」

「教我打棒球的恩師寫給我的信。在我——我沒辦法投球一陣子，他寄給我的。」

「恩師？是高中棒球隊的教練嗎？」

「不是，是更小的時候，少棒隊的教練。他是洗衣店的老闆。」

他就是揪住打破路燈的實後衣領的人。他逮到實這個現行犯後，沒有把他交給派出所，而是挖角到自己帶隊的少棒隊裡。

隊名叫橫川鬥士隊。在那裡，實生平頭一次接觸到不是小朋友遊戲的正式棒球。兩年後，他成了王牌投手。

但是他終究與小聯盟無緣，也沒有參加過大型比賽。教練本來就沒有那種打算吧。

因此當實以這個隊伍爲起點，進入國中、高中、大學的棒球名校，名字終於出現在職棒新人選秀會時——雖然是第三輪——教練比任何人都要驚訝、開心。入團發表當天，他還從洗衣店的店頭到對面屋簷掛上大大地印了「賀」字的布幕。

「那，那封信是鬥士隊教練擔心沒辦法投球的你，寫信鼓勵你呢。眞的可以處理掉嗎？」

嚮導小姐問，但實默不作聲。

信件很短。附上了體育報的剪報，寫著：

「你的壞毛病，就是遇上應付不了的問題就逃避。不好好面對自己，什麼都沒辦法開始。」

那張剪報是一張照片，被下了「孤獨」這個標題。

是實最後一次登板的照片。他被打得落花流水，正走下投手丘。爲了不讓人看見自己冷汗和淚水，低著頭，手按著帽簷。照片前方拍到觀眾席一部分，彷彿可以聽見觀眾的噓聲。

當他回到休息區後，右手就再也舉不起來了。

是那時候的照片。就像教練在信上指出的，實爲了逃避當時的淒慘，不敢看任何新聞和報紙，所以突然寄上門的這張剪報照片，讓他受到了雙重的打擊。

他最後還是沒有回信，也沒有去找教練。既然如此，與其讓對方以爲他一直收藏著這封信，倒不如讓他覺得已經丟掉了還比較好。讓他覺得佐久間實這個人無可救藥，與人吵架枉死更好。

只要處理掉這封信，就再也沒有任何牽掛了。

「還要像這樣多久啊？」

「你沒有其他想去的地方，或是想見的人嗎？」

「沒有。」

「家人或女朋友呢？」

「有完沒完啊？就跟妳說沒有了。」

有段時期，他也有可以稱爲女朋友的對象。或許只是錯覺有過而已。老家那裡，也已經好幾年沒回去了。

也不是和家人處不好。但是如果回家，就必然會想起以前的事。一旦想起，就會連帶讓在一起的家人想起，看到父母、姊姊、哥哥那種「都以前的事了，忘了吧」的表情。所以他才不想回家。就連讀高中的時候，只要收假回到宿舍，他就會大鬆一口氣。

待在家裡，會在三更半夜醒來，在家人都入睡後的黑暗中仰躺著，側耳聆聽來自過去的聲音。像那樣回溯過去的記憶，很類似打開古老的玩具箱。

其中除了懷念、快樂的事物以外，還有死蟲子和脫落的頭髮。會翻出不想碰的東西。它們會糾纏著實，讓他苦惱，一點一滴折磨他，然後又逃到別處——讓他沒辦法抓住，將它們永遠封閉起來。接著再趁他疏忽大意的時候，隨心所欲地從意想不到的地方蹦出來，挖開他的舊傷，讓他流血。就這樣不斷上演。

直到實死心認命，接受這是沒辦法的事、是命中注定、是應得的報應為止。

因為佐久間實是個殺人犯。

「妳也不想一直像這樣處在半吊子的狀態吧？」

實懶散地說，她低聲喃喃：

「我會像這樣一直停留在這裡，是因為這裡有人忘不了我。」

然後她倏地回頭，露出孩子般的笑容：

「欸，我們去球場吧！」

她央求地用右手搖著實的肩膀說。

「走嘛。現在的話，還在比賽。而且那裡是你最能發揮本色的地方吧？」

「我不想去。」

「怎麼可能？」

「我真的不想去。已經夠了。我和棒球徹底切斷關係，跟醉鬼吵架，倒楣被刺死了。這樣就好了。這才適合我。」

「你說完了？」

她抓住實的右手，用力拉扯。

「看，剛好六局下半剛開打。」

兩人來到網子後方，站在感覺出聲就能讓擊球區打者聽到的距離。圍繞球場的觀眾席，被接近客滿的觀眾所填滿了。

明明沒有人看得到他，實卻感到芒刺在背。對於賽季中的現役選手來說，網外應該是如同地球另一側那麼遙遠的地點才對。

計分板的大鐘顯示晚上九點十分。球賽進行得很慢。這也難怪。才第五局就已經是七比五了，一場混戰。

實的隊伍投手欄上是菜鳥的名字。一個實力還不到可以在實戰中上場的投手。

「輸了。」嚮導小姐遺憾地說。

但我很快就要到與輸贏無關的地方了。很快。

「夠了吧?快點帶我去我該去的地方吧。這是妳的任務吧?」

她充耳不聞地看計分板。

「有人失誤了。」

「誰管它什麼失誤啊。」

「你不去休息區看看嗎?看，教練坐在老地方。那種角落哪裡好呢?」

實走近網子，探頭看靠近一壘的休息區。熟悉的臉孔一字排開。望向球場，曾經守著他背後的隊友們看起來小到不行。

還是因爲我身在遠方?

計分板上亮著一個紅燈。壘上有三名跑者。咦?真熱鬧。有人喊暫停，內野手集合到投手丘。一壘手一邊做伸展運動一邊招呼。投手用手套遮住嘴巴應答。三壘手轉著肩膀，游擊手拍了一下投手屁股，回去守備位置。實聽得見他在說什麼。因爲這是實做過好幾回的事。

「夠了。」他閉上眼睛。「走吧。」

「我喜歡棒球。」嚮導小姐歌唱似地說。

「如果下次投胎，我也要打棒球。」

觀眾吵鬧起來，歡聲雷動。啦啦隊的喇叭響起，口號響遍全場。

「要投胎轉世的話，得快點去另一個世界吧？」

「你不想看到最後對吧？」

她對著球場說。

「你害怕幸運第七局對吧？因爲就是幸運第七局害你再也沒法投球了。」

實整個人凍結了。女孩慢慢地轉向實，細語似地說：

「爲什麼你要一直被過去所束縛？」

十個月前的那個夜晚——

在幸運第七局放煙火娛樂觀眾，並非這個球場的專利。每個地方都這麼做，也有許多觀眾期待煙火秀。

然而那天晚上、這座球場，卻是第一次因此發生爆炸事故。一名工作人員喪生，兩人受了燒燙傷。

當時實站在投手丘上。七局上半對方正準備進攻，球在內野手之間傳來傳去。

那場比賽，實可說是勢如破竹。六局結束前零封，投球數八十球，無四壞球、被安打數

二、六次奪三振。身體敏捷得連自己都感到驚訝，感覺不可能有人打得到他的球。

就在這時，發生了爆炸意外。

他立刻就察覺不對了。因爲音量比平常更大，鼓膜都刺痛了一下。升空的煙火數量也太多了。很快地，後方螢幕方向的觀眾騷動起來，比賽暫時中斷。一開始實也和捕手投接球等待，但沒多久就接到指示，要選手暫時全部回去休息區。

從這個時候開始，實就感覺膝蓋在發抖了。

「好像死了一個年輕人。」

「好像正中臉部呢。好可憐。」

一模一樣。就跟那時候一模一樣。和我引發事故，害死了一個人的那個時候。

時間重演了過度相似的狀況，藉此來呵責我。實這麼想著，感到冷汗沿著背後淌下。

二十分鐘後，比賽重開。結果實連個出局都拿不到就被換下來了。

「你到底怎麼了？」

實沒辦法回答任何人，全身顫抖，關在更衣室裡。

然後，這就是結束的開始。

只要站上投手丘，本壘板就會變得無盡遙遠。愈是焦急，就愈沒辦法控球。動作少了流暢，做出連小學生都不會犯的犯規動作。當然，投出去的每一球都被擊中。

「是看不見自己的好球帶了吧。」

特別欣賞實的評論家這麼說，但不是那樣的。甚至有時候，他想叫捕手換顆新球，卻連「球」這個字都想不起來。這種時候，不管是教練的聲音、觀眾的罵聲，還是隊友的激勵，他什麼都聽不見了。

他聽到的就只有那可怕的爆炸聲。慘叫聲。以及萬箭鑽心的責難聲：你才沒有活下去的資格、你以爲你能選擇想要的人生，得到幸福嗎？

實睡不著、動不了，也無法整理思緒，開始自我侵蝕。體重開始下降，令人驚訝的是，連身高都縮小了一公分。或許是肉體開始服從他想要從世上消失的願望了。

然後，就在他被拍到那張被下了「孤獨」標題的照片那天登板之後，實從選手名單上被剔除了。

因爲他的右手抬不起來了。是煙火爆炸意外兩星期後的事。

後來一直到今天，他只是渾渾噩噩地過日子。不管杉浦醫師說什麼，他都不打算聽從，治療也任意中斷了。再怎麼掙扎都沒用。因爲這次他眞的被回歸的過去給了致命的一擊。我已經永遠站不起來了——他這麼想。

「一切的始作俑者，那場事故，是發生在你十一歲的時候呢。」

嚮導小姐的聲音，讓實回過神來。她又直勾勾看著他了。

「夏季的某個夜晚，你跟附近的朋友在公園放煙火。沒有大人跟著，活潑的你領頭邀大家這麼做。」

實忍不住朝她逼近一步。她怎麼會知道？

「這是常有的事。雖然不幸，卻是常有的事。點火之後，煙火——是插在地上的角度不對吧——以你們都嚇一跳的低矮高度，朝著意想不到的方向射去——」

她輕輕撩起頭髮。

「擊中了剛好路過的倒楣路人的臉。」

實被拉回了那個時候。驚人的巨響、火花，還有慘叫。令人作嘔的焦臭味、救護車的警笛聲。警車的紅色警示燈。

「然後她死掉了。可是，那不是你害的。」

「妳怎麼知道！」

實的叫聲，被觀眾席湧出的歡呼聲蓋了過去。白球畫出高高的軌道飛走了。全壘打的小號聲響起，電子布告欄明亮地閃爍。

待喧囂告一段落，她靜靜回答說：

「因爲我就是那時候死掉的女人。」

5

你並沒有忘了我吧？就是因爲忘不了我，所以才會一直痛苦萬分。對吧？她微笑說。

實的腦中，老舊蒙塵，但從來不曾被收起來的相簿開始翻動。

那起意外發生以後——陌生人一個接著一個來到家裡。他見到律師。也有警察官。父親把記者趕回去。事故後，實的家暫時停掉了訂報，所以實沒有看過死去女子的長相。他也不被准許參加葬禮。

他記得的只有那名女子的名字。

「白石百合子小姐……是嗎？」實喃喃道。

嚮導小姐——百合子點點頭。淚眼汪汪。

「那個時候，我二十歲。」

不知不覺間，周圍被完全的漆黑所包圍。頭頂和腳下都空無一物。也不是在觀眾席。沒有聲音，沒有光，也沒有風吹過。這裡就是「中間」。實悟出這裡是不屬於生死任何一邊的中間的世界。

「我死了，肉體被燒掉消失了。但我還是一直留在這裡。你知道爲什麼嗎？」

實鼓起勇氣回答：

「因爲妳死不瞑目。因爲妳恨我……」

百合子搖了搖頭：

「不對。我會留在這裡，不爲別的，就是因爲你沒有忘了我。」

實瞪大了眼睛，百合子有些鬧脾氣地噘起嘴唇笑了：

「你都不知道嗎？都沒發現嗎？完全沒有？我一直跟你在一起。從那起事件以後，一直。一開始我也很恨你。畢竟在我人生最快樂的時候，一切都被強制結束了。可是那不是你的錯。是種種不幸重疊在一起的結果。」

她走近過來，觸摸實無力垂著的手：

「當時道路擁塞，救護車無法立刻趕來。找不到願意收治我的急診醫院，被好幾家醫院踢來踢去。要不是這樣，或許我也不會死了。我自己運氣不好，你也運氣不好。像這樣待在這中間的世界，看著你——幼小的你一個人扛著這樣的不幸，痛苦無比，我實在是同情得不得了。」

百合子流著淚笑道。

「後來我就一直跟你在一起。一直一直看著你。出了那件事以後，鬥士隊的教練叫你不管發生任何事，都絕不能放棄棒球，對吧？那個時候我也陪在你身邊，希望你不要放棄。後來你漸漸地，至少表面上振作起來了，但其實是把心傷趕到內心深處，我知道你開始躲避他人的目光，除了在球場上以外，也很少露出笑容了。我好難受。可是我相信就算失去其他的事物，只要能繼續打棒球，你就不會有事。」

快樂地繼續說下去的那聲音，沒有半點陰霾。

「我也記得你高一的時候，在地區大賽的第一次打擊。是代打對吧？高三的時候，只差一勝就可以打進甲子園了，你卻被擊出再見安打，輸掉比賽。那個時候我也一起哭了。一直都是這樣的。我時時刻刻都在你身邊。加入職棒以後，你第一次登板是擔任救援投手對吧？你經過通往牛棚的陰暗通道，釘鞋踩出聲響前進時，我就站在可以聽到你緊張的心跳聲的近旁，一起跟著你走。我就這樣一直守著你，看著你，直到你超過我的年紀，變成大人。」

她抓住實手臂的右手抓得更用力了。奇妙的是，實感覺到體溫。

「所以，當十個月前發生那場爆炸事故時，我非常害怕，不知道你會怎麼樣。然後，看到你就如同我所恐懼地每況愈下，我不知道有多麼痛苦。我想對你說話。我想阻止你活生生地死去。可是對那時候的你，我無法讓你聽到我的聲音，也無法讓你看見我的身影。直到你像這樣來到生死分界的黑暗之前，我束手無策。我不知道多少次站在你夜半夢魘呻吟的枕邊。待在眼神空洞地坐在休息區的你身邊，我不知道有多麼焦急。」

實說不出話來，只是怔立著，她用右手溫柔地搖了搖他：

「好了，這樣就行了。你必須回去才行。」

「……回去？」

「對，回去陽世。」

實搖頭：「不行的，已經太遲了。」

「才不遲，還來得及。可是我沒有決定權。好了，你做出選擇吧！」

「選擇什麼？」

「你發現了嗎？從剛才開始，我都只用右手碰你。」

百合子說，打開她白皙的雙手手掌。

「這是因爲如果我用左手碰你，就非得把你帶去另一個世界不可了。如果我用左手拉你，你就會跟我一起來。所以你自己選吧！你想要回去，還是就這樣離開？」

沉默降臨。一種支撐著極爲易碎又寶貴之物的沉默。

是實打破了沉默。他迅速一動，想要抓住百合子的左手。

百合子輕巧地閃身，彷彿早已預備許久，就像熱中於捉迷藏的孩子。實跟著伸出手時，她歡呼起來：

「你看！你的右手明明會動！」

沒錯。實的右手動了。

「萬歲！」

百合子歡呼，高高地舉起雙手，就像魔術師拋出從帽子裡取出的花束。

實的頭頂又變回一片夜空。整片夜空綻放著大朵的煙火。煙火碎裂成五顏六色，明滅閃爍，拉出明亮的尾巴，在虛空畫出大朵的花，逐漸消失。一次又一次。

不知不覺間，實的雙腳站在球場上。泥土、止滑粉和汗水混合的氣味。外野方向，加油聲和敲打加油棒的聲音乘風而來。以七彩光線從夜晚切割下來的這個特殊世界。他原本生活的世界。

——這裡才是你的歸屬。

百合子已經消失不見了，只有她的聲音在耳邊細語。

——你必須回到這裡才行。

實倒在地上。

回到那座公園了。心窩好冰冷。臉頰又刺又痛。

我是作夢了嗎？

——好了，快點醒來。

他聽到聲音。

——站起來。還來得及。加油。

看得到垂放在地面的左手。右手壓在身下。會動嗎？有辦法動嗎？

實強忍頭暈目眩的感覺，一點一滴地使勁。

右手動了。

也撐起身體了。要站立起來雖然艱辛萬分，但總算是成功了。實彎折著上身踉蹌前行，靠在公園磚牆上，看見之前那個穿過實身體的上班族走過來了。

然後，這次上班族注意到實了。

醫師診斷需要休養一個月才能痊癒。

「傷勢並不深，但如果發現得再晚一點，應該會因爲失血過多而上西天吧。」

媒體又爲此吵翻天，也因爲鬧出這種醜聞，實遭到球團停賽處分。

「不過還是可能趕上賽季後半。因爲你的手好了嘛。誤打誤撞，成了衝擊療法嗎？」

不管是對百思不得其解的教練還是隊友或家人，實都只是笑而不語。因爲他覺得不可能有人相信。

再說，像這樣回到現實一看，是不是眞的見到百合子了，實自己也開始感到毫無把握。

而且他聽說過，垂死的人會夢見極爲鮮明逼眞的夢境……

出院回到宿舍時，實第一件做的事，就是確定鬥士隊的教練寫給他的信是不是還在。信還在。就在他存放的位置。

是信跟著他一起回來了嗎？還是——這證明了一切都是他垂死之際看到的幻覺嗎？

打開體育報的剪報，看著那張「孤獨」的照片。

然後，他在前方的觀眾席觀眾當中，發現了百合子的背影。

——我時時刻刻都在你身邊。

實驚訝地盯著看，照片裡的她回頭了。

再見。她的嘴唇做出了這樣的唇形。

——可是你要記住。十年、十五年後，如果有個可愛的小球童拿新的球或球棒給出賽的你，那就是我。是我投胎轉世，去到了你身邊。

實眨了眨眼。百合子消失了。「孤獨」又變回了單純的畫質粗糙的新聞照片。接著，臉頰感覺到微風。

就彷彿百合子在臨去之際，輕輕撫摸了他一下，作為最後的道別。

在場的男子

1

平日午後，行駛於中央本線的特急梓二十號綠色車廂沒什麼乘客。掛在椅背上的白布，右側兩列、左側一列整齊排列著，空氣很清新，也沒有香菸的煙味。除了雙人座那一列最後一排座位上，有兩顆年輕女子的頭親密地並排在一起外，其餘皆是一片空蕩蕩。

鳥羽修次郎從外套內袋掏出車票，確定座位號碼，慢慢地經過通道。走到一半的時候，列車動了起來。上諏訪站的停車時間很短。

鳥羽的座位在最後排兩名女子的座位前面。是單人座。把皮革波士頓包丟到頭頂的行李架上，正要坐下時，他注意到最後排的兩人都在看他。視線對上了。

「你好。」

出聲的是坐窗邊的女子。整理得很漂亮的長髮落在肩上。

另一個瞄了出聲招呼的長髮旅伴側臉一眼，露出彷彿被看不見的手搔癢般的表情。她掩著嘴巴，肩膀微聳。這名女子剪了一頭前衛的短髮，耳垂上的耳環反著光。

兩人年紀都才約莫二十二、三歲。鳥羽只是輕輕頷首回禮，就坐了下來。感覺背骨壓出咯吱聲響。整整兩天耗在緊張的商務談判和勞心的私事上，他全身都累壞了。到新宿的兩小時車程就拿來補眠吧。

然而，發車後約五分鐘左右，那兩個女人就出聲攀談了。

「請問……你一個人嗎？」

鳥羽把頭從椅背移開，回頭望去。又是長髮女子開口。她從後面一排屈身向前，探頭看著這裡。短髮女子咧嘴咯咯笑著，刻意把身體貼在椅背上，爲旅伴開道。

「是啊。」

鳥羽無奈應話。長髮女子不知道在開心什麼，露出門牙笑了。

「車廂裡好空喔。我們是從松本上車的，正在說萬一到東京之前都只有我們兩個的話，該怎麼辦呢。」

她轉向短髮女子，徵求同意：「對吧？」兩人彼此點頭，又咯咯笑起來。

看來自己被兩個年輕女子打趣了。

雖然並不覺得不舒服，卻也不到喜不自勝、求之不得的心情。說到二十多歲的年輕女孩，鳥羽的下屬裡面也有許多。在鳥羽的公司裡，女性是重要戰力，因此和她們有良好的溝通，也是工作的一環。他會和女下屬一起吃飯喝酒，也常有人找他商量個人的煩惱。

「因爲你很有女人緣嘛。」

鳥羽大學時代的朋友，也是現在的生意合夥人副社長野田，曾以並非全是玩笑的口吻這麼說過。

「如果要比喻，我就是那種會在宴會上炒熱氣氛的人。如果少了我，女生都會覺得很無聊。但宴會結束後，說到要兩個人一起躲到安靜的地方相處的對象，就是你比較好了。眞是不公平呢。」

鳥羽覺得，這是因爲野田有個美女妻子和三個女兒，最大的都二十歲了；相對地，鳥羽是個喪妻的鰥夫，是沒有孩了的單身男子。他這麼說，結果野田頓時擺出明理的神情說：

「沒錯沒錯，女生其實都很精的。可是呢，不管再怎麼有女人緣，我們這些大叔能吃香，全都靠經濟能力支撐。所以你要小心啊，社長。」

沒錯，小心爲上。然後，鳥羽忽地想起葛城久美子的臉，微笑起來。出發前，她把裝了換洗衣物的波士頓包遞過來，說：

「老大，不可以在旅途中招惹到壞女人喔。一路上都要乖乖的喔。」

「旅行嗎？還是出公差？」

長髮女子問。她又把身體探向這裡。

「兩邊都有。」鳥羽應道。第一天在松本市內談生意，第二天要同行的下屬先回去，自己去上諏訪市郊外的小療養院探望母親。

「旅行是去哪裡？又沒有家人陪伴。」長髮女子又問。

短髮女子戳了戳旅伴的側腹部。意思是「妳夠了喔」，還是在調侃「很會喔」？

「去松本。」

「咦，那跟我們一樣呢。我們住在市內的飯店。你住在哪裡？」

儘管口吻客氣，問題卻相當大剌剌。鳥羽有些不知所措。短髮女子似乎敏感地察覺了。

「美保，好了啦，這樣很沒禮貌耶。」

「咦，可是……」

長髮女子沒有退縮的樣子。

「就是，其實我們在松本市有遇到你喔。」

這話讓鳥羽很驚訝。

「是嗎？……在哪裡？」

女子說是前天晚上，在某家鄉土料理店。鳥羽問了店名，確實是他和客戶吃飯的地方。地點是對方安排的，但因爲是旅遊書上一定都榜上有名的知名餐廳，也會有許多觀光客。從這個意義來說，即使碰巧在同一家餐廳吃飯，也不是多奇怪的事。

奇妙的是，雙方完全不認識，只是在同一家店「看見」和別人喝酒的鳥羽而已，女子卻親暱地說是「遇到」。

——這要是我的下屬，一定會用敬語吧……

不，他想要相信下屬一定會保持矜持。他應該確實做好員工訓練，教導這些禮節。

但長髮女子似乎對這些全不在意。

「我正期待會不會再遇到，結果預想成真了。而且我們是從松本上車，你是從上諏訪上車，卻還是遇上了。可以像這樣三個人獨處，真的好奇妙喔。」

女子一個人說得興高采烈。如果被久美子或女下屬撞見這幕場面，肯定會被她們虧死了。鳥羽內心苦笑。

「不好意思。」短髮女子笑著低頭行禮。「其實美保——她叫柏木美保——她啊，對中年紳士最沒有抵抗力了。動不動就意亂情迷。」

「討厭啦，我才沒有。」

美保笑著拍打短髮女子的肩膀。

「而且美保啊，她只要看到帥大叔，就會一直盯著人家看，直到對方回頭。前天晚上，你有沒有感覺一直有人在盯著你看？」

也許因爲事不關己，短髮女子的態度也相當直率。鳥羽總有種置身二流夜總會的感覺。

「沒注意耶……」鳥羽笑道，爲了改變話題，主動問道：「兩位也是旅行嗎？」

「對。」短髮女子答道。

兩人都是寬鬆的上衣搭配長褲的打扮。頭頂的行李架放著大型的路易斯．威登包包。

「兩位都是上班族嗎？」

「是的。我們請了有薪假出來玩。雖然離賞楓季節還有點早，但總覺得心情不爽，所以跑出來了。」

原來如此。鳥羽可以理解那種心情。不過會想批評「眞有閒」，果然是因爲鳥羽已經是「歐吉桑」了嗎？

「啊，她叫高井良子。」

美保拍了一下旅伴的膝蓋說。

「我們是同一個部門的。在總務部處理人事業務，這種業務，整天都在看文件不是嗎？一直關在室內，眞的慾死人了，半點刺激好玩的事都沒有。」

「工作都是這樣的。」

「會嗎？可是男人和女人還是完全不一樣啊。像你，就像個超級幹練的生意人。」

咦？像你？口氣愈來愈不客氣囉？也沒有任何害羞的樣子。

列車靠近小淵澤站了。滑進月臺後，候車的乘客身影往旁邊流去。兩名女子乖乖地住了口，似乎在觀察有沒有新的乘客會搭上這節綠色車廂。

沒有人上車。這節車廂只有三個人。列車再次開動了。片刻之後，美保以彷彿完全沒有中斷過的平坦語氣接著說：

「所以我覺得你好帥氣，才會一直看著你。」

「不敢當。」

也沒有羞怯的樣子。鳥羽笑道：

「我們的公司裡面，沒有半個上得了檯面的人。」

「會嗎？只是妳沒發現而已吧。」

「才不呢，全是些無趣的大叔大伯。」

「我也是老阿伯了。」

「這不是光靠年齡決定的。」

高井良子賊笑著，打小報告似地噘起嘴唇說：「妳啊，對之前見到的刑警先生，不是也說了一樣的話嗎？只因爲人家長得帥了一點……」

「刑警？」

這意外的詞彙讓鳥羽反問。兩名女子笑彎了腰。

「不是我們做了什麼壞事啦。」美保急忙揮手。

「當然不是吧。」鳥羽順著話說。「是公司出了什麼事嗎？」

兩名女子閉上嘴對望，就像在商量由誰來說。然後美保重新坐正，開口道：

「也不是什麼大不了的事，就我們有個員工神經衰弱自殺了。而且好死不死，是從我們公司大樓的窗戶跳樓自殺，所以鬧得滿城風雨。可是警察只是草草調查了一下，就結案回去了。不是什麼大事啦。」

員工自殺。這絕對不能說「不是什麼大事」。鳥羽目瞪口呆。如果我是這女生的上司，光是聽到她這話，就會讓我把她狠刮一頓了。

「可是，發生了很可怕的事。超恐怖的事。」

良子支援朋友地補充說。

「我們覺得那根本就是超級鬼故事。」

剛好這時車廂隔門打開來，販賣推車進來了。

鳥羽叫住小姐，問兩個女生想吃什麼。兩人都很開心，但看起來也像是覺得被請客是天經地義。

美保和良子都說要咖啡。鳥羽連自己的份買了三杯咖啡，重新坐好。

看這樣子，在抵達終點站的新宿之前，都得奉陪這兩個女生的聒噪了吧。既然如此，乾脆主動挑選話題，盡量問出有趣的事才算聰明。而對於身爲公司老闆的鳥羽來說，員工從公司窗戶跳樓自殺，是讓他非常關心、好奇的事。

「可以請妳們談一談嗎？到底是怎麼一回事？」

2

兩名女子任職於東洋精密機械有限公司。總公司大樓位在東銀座。這家公司鳥羽也聽說過。在精密機械領域雖然稱不上大公司，卻是老字號。

「我們公司自己的大樓，屋齡已經四十年了。這就是最根本的原因……」

美保皺著眉頭說了起來。

「事情發生在上個月初，地下倉庫突然淹水了。因爲不知道原因，搞得兵荒馬亂，調查之後才知道，是牆壁裡面的水管破掉了。很慘對吧？有夠破爛的。」

地下倉庫保管了大量的舊文件、檔案和傳票本。

「東西要全部搬到樓上晾乾……眞是累死人了。而且我們部長還叫我們整理。說什麼這是個好機會，把原本亂放的東西好好整理分類，方便以後找資料。」

如果我站在部長的立場，應該也會下達相同的命令吧——鳥羽心想。不過在他的公司，超過一年以上的文件和傳票類會全部銷毀。資料只要輸入電腦保存就夠了。

「但我們公司沒有那麼大的空間，可以把那麼多文件攤開來整理。如果用會議室就沒辦法開會了。結果部長租了隔壁大樓的出租會議室，讓我們在那裡弄……」

被命令整理的，就是這兩名女子，柏木美保和高井良子。

「喏，我們是總務部嘛。」良子口氣不滿地說。「簡而言之就是什麼事情都要做，跟工友沒兩樣。」

因爲地下倉庫的修理和修復要花上一個月左右，因此文件也不急於整理。美保和良子說，就這一點來看，她們對這份差事並沒有不滿。

「部長租的會議室，在隔壁大樓的三樓。眞的就在隔壁而已，相距只有兩公尺遠，所以還可以看到我們公司裡面，幸運的是，出租會議室的窗戶就正對我們會客室的窗戶。」

換句話說，除非有訪客，被帶進會客室，否則她們可以避開上司和前輩的監督，兩個人悠閒自在地幹活。不管再怎麼偷懶，都不會被抓包。

「一開始的一星期簡直就像天堂。」

美保爽朗地笑道。

「我們兩個會瞎聊一整天，或是看『Cecile』、『BELLE MAISON』那些郵購目錄，吃蛋糕，啃仙貝……」

「也會輪流溜出去呢。」

「對呀，跑去搶特賣會。」

「眞的好快樂呀。」

然而進入第二個星期後，公司就派了監視者過來了。

「那個人叫相馬，被派來跟我們一起整理。」

鳥羽認爲美保和良子的上司應該早點像這樣派人監督的。那樣一來，她們也不會這麼怨聲載道了。

「相馬雖然是總務部的，可是兩年前退休，今年春天又復職回來，是約聘人員。所以已經六十多歲了，是個老先生。禿頭、矮個兒，又俗又土……」

「又重聽。」

「對對對。」美保哆嗦了一下，就好像連回想起來都讓她不舒服。「總之光是跟他在同一個房間裡待上十分鐘，感覺連自己都要變老了。」

「他會發射老人波。」良子做出誇張的動作。「只要被擊中，一切都會黯然失色。」

鳥羽聽著，思忖起來。從再幾年就年屆知命的他來看，六十歲確實很遙遠。花甲、退休——感覺是遙遠的將來，是沒什麼現實感、只會發生在別人身上的事。如果只是在腦中思考，不折不扣，眞的就是如此。會覺得跟自己還沒有關係。

但是時序入秋，在清晨冰冷的空氣中醒來，想要從床上爬起來，卻赫然發現手臂抬不起來的時候——

已經上了年紀的事實就會攤在眼前。

不，要拿「老」這個詞來形容自己還太早。他很清楚。他還可以在打美式壁球時和二十多歲的下屬拚個旗鼓相當，而且這幾年都沒有搭過電梯。即使是要前往十幾樓大樓的最頂樓，他都是用跑的上樓。葛城久美子進公司以後，發現他這個習慣，起初非常傻眼，但下次就換上平底鞋，跟著他一起跑了。偶爾遇上非穿高跟鞋不可的情況，她會先把鞋子脫下來用兩手拎著，一臉滿不在乎地跟上來。

「社長和社長祕書總是用賽跑的去談生意，眞好笑。」她曾這麼笑道。

「不過因爲這樣，省了我上健身房的工夫。」

這樣的賽跑中，目前鳥羽是零敗紀錄。久美子雖然是女人，但才二十四歲而已，所以自己算得上厲害了吧？

但即使如此，早上醒來的時候，還是會有手抬不起來的情形。如果硬是要動，就會痛到整張臉扭成一團，痲上老半天都好不了。

「是五十肩呢，社長。」

久美子只是這麼說，沒有調侃他。鳥羽逞強，從來沒有在她面前將疼痛表現出來，但好像還是被她看透了。

「不是五十肩，是四十肩。」

「唔……四捨五入的話，數字有點不對。」

此後，尤其是在季節更迭的時期，久美子都會避免把東西放在鳥羽必須無意識舉手去拿的位置。

需要年輕部下為自己設想這些，表示自己真的上了年紀。

可是——

那是值得讓美保和良子像這樣全身哆嗦著表達厭惡的可怕事情嗎？等我到了六十歲，久美子也會這樣看待我，把我當成必須從桌上掃下去的垃圾看待嗎？

「哈囉……？」

鳥羽驚覺抬頭，美保正一本正經地盯著他。良子也正經八百地抿著嘴唇。

「啊，抱歉，不小心想起事情來了。」

鳥羽急忙說，兩個女生又重拾笑容。鳥羽心想，這也是一樣，如果自己年紀再大一些，一定會被當成冷笑的對象：「人老了就開始痴呆囉。」

「然後啊，自從相馬來了以後，我們快樂的每一天都沒了。」

美保撐大了鼻翼說。

「他勉強自己，想要配合我們的話題，講了一堆藝人八卦，可是全都文不對題。職棒的話題也是——」

良子氣憤地插口：「眞的很過分，他明知道我是西武獅的球迷，卻偏要說西鐵獅的事。鬼才知道什麼西鐵獅。人家只是喜歡清原而已。」

鳥羽也遇過那種西鐵迷的客戶。唯獨這時候，他由衷同情良子。兩者確實沒有關係。

「相馬好像身體不太好，每天都要吃藥，可是從來不請假。」

美保接著說。

「所以我跟良子也沒辦法放鬆。相馬超愛嚼舌根的，整天想找我們聊天，可是我們兩個午休從外面回來，只是晚個五分鐘，他就會說『妳們遲到了』，半點都不肯通融。」

「當然，上班時間上咖啡廳這些，他也完全不准。」

「總之是個超級礙事的老頭。」

爲了挫挫兩人的銳氣，鳥羽插口：

「然後，那位相馬跳樓自殺了嗎？」

兩個小女生的表情一緊，就像突然被潑了一盆水。

「對，沒錯。」良子點點頭。美保接著她的話，先隔了一段充滿適當情感的空檔，說：

「可是，我覺得那不是自殺。相馬是被他霸凌死掉的部下鬼魂索命了。」

3

鳥羽摸索外套內袋，發現空空如也，想起自己正在戒菸。剛好快滿一個月了。

——好險、好險。

他和久美子打了賭。如果一直到除夕當天，他都完全不碰菸，明春久美子就會配合鳥羽的行程休假。

也就是說，不管要去哪裡，她都能奉陪了。

「其實也不用做這種賭注，」

久美子面無羞色地笑道。

「不過這樣的條件很棒吧？簡單易懂。社長，如果你覺得就算我包上禮紙奉送，你也不稀罕，那就想抽菸的時候盡量抽吧。」

說完這話以後，久美子就恢復了平日的工作態度，彷彿完全忘了打賭的事。反而是鳥羽偶爾回想起來，總會爲此感到狼狽萬分。

美保眼尖地問：「啊，要香菸嗎？」

她摸索皮包，遞出菸說「是CASTER MILD」。

「不，謝了。醫生叫我不能抽菸。」

鳥羽抬手婉拒。美保有些掃興，原本要收起來又想起來似抽出一根，用打火機點了火。是造型纖細、有景泰藍圖案的打火機。美保吐著煙問良子：「這不是禁菸車廂吧？」抽菸的動作有模有樣。鳥羽想，那個叫相馬的「老頭」員工，有沒有看過她這種姿態？兩腿交疊，臉稍微側向車窗，呼出青煙。如果正眼瞧見這樣的美保，或許相馬會更卯起來拚命尋找話題搭訕。

鳥羽清了一下喉嚨，抬頭說：

「被部下的鬼魂索命，這教人難以置信呢。」

良子收起下巴點點頭，眼珠子朝上看向美保，就像在說「可是啊……」。美保揉掉菸，「啪」一聲闔起菸灰缸，轉向鳥羽。

「可是，只能這樣解釋了。」

態度無比嚴肅。鳥羽重新觀察她的表情。

即將抵達甲府站了。列車開始減速。女生們再次閉口不語。

甲府站有幾名乘客上了綠色車廂。似乎全是商務人士，沒有團客。沒有任何人到後面座位。等他們各自坐定之後，美保站了起來。

「我們去前面坐吧，良子。」

兩人移動到和鳥羽同排的雙人座。這次良子坐窗邊，美保坐走道，來到了鳥羽的近處。

「我剛才也說過，相馬是約聘人員，本來是正職。」

美保手放在靠肘上，身體稍微轉向鳥羽，說了起來。

「退休以前，他都是資材部的主任。都這個年齡了還是主任，跟最基層沒有兩樣。表示他這人一點都不優秀。」

「唔，跟我算是同道中人呢。」

鳥羽玩笑地說，結果美保責怪地收起下巴，橫了他一眼：

「你跟他是同道中人？別說笑了。基層員工出差才不可能坐綠色車廂。再說，氣質是天差地遠。」

「多謝。」

美保短促地一笑，點燃下一支菸：

「可是，相馬明明平庸無能，欺壓起下屬來，倒是一把能手。聽說他對金錢斤斤計較，小氣巴拉。被他盯上的，是一個叫井坂的員工。」

美保說這是兩年前的事了。是相馬退休不久前的事。

「井坂那時候才剛進公司一年，而且不是剛畢業的新鮮人，而是半途跳槽進來的，所以也沒有受訓。所以像是傳票怎麼寫、怎麼聯絡合作業者那些，有些地方他都不太懂。不過像我們，一些瑣碎的事到現在還是糊里糊塗嘛。可是相馬卻逐一挑毛病——」

美保突然用力捻熄了菸。菸在濾嘴的地方折斷了。

「相馬一直霸凌井坂。是把升遷無望、平庸地退休的氣發洩在他身上。」

「但我覺得相馬只是在遷怒，不是故意挑井坂欺負。」良子插口說。「井坂長得帥，很有女孩子緣不是嗎？所以相馬嫉妒人家啦。」

聽到這話，美保赫然睜大眼睛，重新對鳥羽打量了一番，用力點頭說：

「是啊……對對對，遇到你的時候，我就覺得很像誰，原來是像井坂啊。個子也很高嘛。井坂中年以後，或許會變成像你這樣。」

就算聽到自己長得像不認識的人，而且是似乎已死的青年，也教人無從回應。

「那，那個井坂……」

鳥羽催促下文。美保又用力點了一下頭，說：「沒錯，他死掉了。雖然死因是事故，但也有自殺的可能性。」

據說是交通事故。井坂深夜在他獨居的公寓附近，跳到開過來的大卡車前面。

「那裡是幹線道路，車禍很多。撞死他的卡車駕駛說，井坂本來走在人行道邊緣，卻突然踉蹌跌到路面來……」

警方調查後，發現井坂當時喝到爛醉。他只有一個人，推測應該是從附近的居酒屋走路回家的途中。

車禍瞬間，除了肇事者的駕駛以外，還有多名路人目擊。他們都作證說是井坂自己朝馬路倒過去的。居酒屋老闆和店裡的客人也對一個人上門，痛飲一場後離開的井坂印象深刻，因此從頭到尾他都是一個人行動這件事得到了證明。

沒有絲毫他殺的可能性。那麼不是自殺就是事故，但沒有遺書，公寓住處也一片雜亂，因此警方斷定是意外事故。

「可是那是殺人。」

美保用拳頭捶了一下大腿說。

「平常老實的井坂會喝成那樣，都是因爲相馬主任惡意欺凌。那絕對是殺人。」

鳥羽點了一下頭，表示同意。否則對方不會繼續說下去。

「然後呢？」

現實的是，相馬退休以後，這件事也漸漸被人淡忘了。美保自己也完全忘了井坂和欺負他的相馬主任——直到地下倉庫泡水，再次見到被重新聘爲約聘人員的相馬。

「每天跟那個人在同一個房間裡大眼瞪小眼，眞的會把人氣死。」

「井坂眞的好可憐喔。」

良子先前轉頭望向窗外的景色，就此脫離談話圈子，但這時稍微轉過頭來附和說。她好像已經失去對這個話題的集中力了。

「就是啊，井坂好可憐。」美保用力地說。「相馬那老頭嘻皮笑臉的，因爲可以跟我們一起工作，喜上雲霄……明明就是個殺人凶手。」

鳥羽不發一語。他默默地看著通道，等待美保的憤怒空轉消散。然後他尋思起來。

那個叫相馬的也眞令人同情。他一定是個非常其貌不揚的老人。這就是不幸的源頭、一切的根源。

確實，他或許曾經鼠肚雞腸地欺凌下屬。但即便是那種行爲，實際上在當時也不是會引發美保這種活潑外向的女生義憤塡膺、恨之入骨的惡劣行爲。當事人井坂應該也沒怎麼放在心上吧。

每個地方都有例外，就此斷定或許危險，但鳥羽對照自己的經驗，認爲現代年輕人才不會只因爲遭到上司欺凌就選擇輕生。因爲現代的年輕人已經沒有過去那麼死板認眞了。他們更懂要領、更富彈性。工作到處都有，完全不會有要爲公司賣命的念頭，因此輕易就會跳槽。如果和上司處不來，寫個辭呈就行了。

那個叫井坂的青年也差不多吧？美保說他不是一畢業就進公司，那更是如此了。對於跳槽，應該也不會有多大的抗拒。再說，東洋精密機械並非多有吸引力的大企業，能讓年輕員工想要不惜一切代價留下來。最近的年輕人在這部分也非常直接，會比和情人分手更輕易地甩掉公司。

井坂的事，只是場不幸的意外吧……鳥羽如此判定。把他當成眼中釘、尋隙刁難的相馬主任對於他的死亡，心情上應該是會感到虧欠，但這是兩碼子事。都是過去的事了。所以相馬才會以約聘人員的身分回到公司復職，也沒有失去努力和年輕女員工打成一片的幽默感。

想到這裡，鳥羽忽然好奇起來。相馬爲什麼沒有一退休就被回聘呢？一般都會這麼做。中間會有超過一年的空檔，是否有什麼理由？

鳥羽打聽這件事，美保立刻回答：

「因爲發生過井坂的事，待不下去吧？是等到風頭過了才又跑回來的。」

她似乎無論如何都要堅持這個解釋。

「退休那時候，井坂的事應該還是讓他打擊很大吧，他有時候手會發抖，經常弄掉東西。感覺心不在焉的，動不動就跌倒，或是撞到門或桌子……還有，他開始變得面無表情。不過回來當約聘人員的時候，已經完全恢復正常了。」

鳥羽在腦中反芻她的話。**手抖**、**面無表情**。**經常跌倒**。

難道——

「退休的人回來當約聘人員，在妳們公司很常見嗎？」

美保點點頭，苦著臉說：「一堆啊。我們公司薪水低，退休金也很少嘛。沒有半個員工可以一退休就去悠閒養老的。每個人都說想要盡量做久一點，要不然會很不安。」

「可是相馬卻沒有立刻回來當約聘……？」

「是啊，仔細想想眞的耶。中間隔了一年多。」

「關於這一點，公司高層有沒有提到什麼？尤其是在相馬跳樓自殺後。」

美保搖搖頭：「不，沒有。」

除非主動想要知道，否則就算不知道富士山爆炸，照樣可以活得很好啊……

和久美子閒聊公司裡的八卦時，她這麼說。

「就算是八卦，也是資訊。如果沒有接收的意願，就接收不到，而且也只會以想要接收的形態接收到。」

照久美子這說法，感覺美保並不想要詳細瞭解相馬的爲人和他在公司的立場。

總之，有著這段過去的相馬，和美保及良子三個人，每天都被關在同一個房間裡，忙著整理陳舊的傳票和文件。

「相馬重聽，又老花眼，一想到天吶爲什麼我非得每天跟這種沒用的老頭共處一室，眞是對自己同情到都快掉眼淚了。」美保自怨自艾。

就在這時候——

「大概半個月前吧……」

美保忽然換了副莫名謹慎的語氣，白皙的額頭擠出淺紋，接著說道。

「相馬開始撞鬼了。」

「撞鬼？」

「對。一開始好像模模糊糊，不是很清楚。」

對面公司會客室裡明明沒有人，相馬卻聲稱看到人影。

「而且他說看到的人，不是別人，**就是井坂**。開什麼玩笑。死人怎麼會冒出來？」

每次相馬說起這話，良子和美保都告訴他不可能。事實上，當相馬指著會客室的方向說「井坂在那裡」的時候，會客室裡都沒有人。所以不會是認錯人。

「看到幻覺了呢。」

烏羽喃喃道，兩名女生一臉訝異。

「相馬是看到幻覺了。」

「是嗎？我覺得他是見鬼了。」

美保抱住兩肘，在身前交抱雙臂：

「毛死人了。」

「然後，相馬就跳樓自殺了？」

良子點點頭：「對，一星期前的傍晚。」

「原來是這麼近的事。」

「所以我們才會出來旅行，轉換一下心情。相馬的葬禮一結束，我們就跑出來了。所以自從他死了以後，我們都還沒有去上班。」

「實在沒那個心情上什麼班。」美保表情陰沉地低語道。

鳥羽交互看著兩人的臉：「相馬跳樓時，妳們也在場嗎？」

兩個女生就好像脖子連著繩索，同時被人拉扯地點點頭。

「這還眞是……太難爲妳們了。」

美保開始摩挲雙臂，也許是一想起來就起雞皮疙瘩。

「相馬變得愈來愈奇怪……這是我後來聽說的，他剛被回聘沒多久，就遇上公司的高爾夫球銀髮盃比賽。地點在伊豆，是三天兩夜的活動。聽說相馬那時候兩個晚上都夢魘得很厲害，半夜大吼大叫，發癲抓狂，引起了很大的騷動。跟他同室的人說快被搞瘋了。那個時候就已經有不對勁的徵兆了呢。」

鳥羽緊張起來。不對勁的徵兆嗎？

「他跳樓自殺的時候，是什麼狀態？」

美保和良子第一次扭捏起來，互相推讓發言權。一會兒後，良子放棄抵抗地開口：

「他很平常地在工作，突然指著會客室的方向，說：『啊，井坂又在那裡了！』」

然後搖搖晃晃地站起來——

「他打開窗戶，直盯著會客室看。我跟美保都全身發毛，不敢靠近。結果相馬突然抱住了頭——」

「啊，我再也受不了了！」

他如此呻吟之後，跑出房間。兩個女生都呆了，沒多久就看見相馬跑進對面的會客室。

「他的表情就像快要哭出來了。」

相馬跺著腳，大聲嚷嚷：「沒有！沒有！是我瘋了！」

接著，他在僅隔兩公尺的隔壁大樓眼睜睜注視的兩名女生面前，打開會客室的窗戶，跳了下去——

「太可怕了……光是想起來，我還是會發抖。葬禮之後我聽到人家說，公司的女生——不，連男生也一樣，都覺得很恐怖，盡量不想踏進那間會客室。可是部長很生氣，只要有訪客來，就算只是辦點小事，也故意要人帶到會客室。眞的很過分耶。」

烏羽靠在椅背上，交抱起雙臂。他注意到美保掏出手帕擦拭眼角的淚水，但沒有理會。

「女人的淚腺就像水龍頭。」

用不著久美子提點，這點事烏羽還知道。

——重要的是……

或許發生了更爲悲劇性的事。一想到這個可能性，一顆心便直往下沉。
沒有、沒有！這句話是指井坂根本不在會客室吧。
「高井小姐。」
鳥羽出聲，良子身體顫了一下，美保露出沒意思的眼神。
「是，什麼事呢？」良子有些得意地轉向這裡說。
「相馬是身體哪裡不舒服呢？妳說他有在服藥對吧？」
「對，沒錯。」
兩個女生齊聲回答，又對望了一眼。
「知道他是從什麼時候開始服藥的嗎？」
良子歪頭尋思：「不清楚耶……回聘回公司以後，應該就已經在吃藥了。」
「他每天都有固定服藥嗎？」
「有啊。」良子再三點頭。「午休時間都一定會配開水吃藥。我都會端茶和開水給他以後，再出去吃午飯。」
「我也是啊。」美保插口說。
「妳只有端過一次吧？」
「咦，才不止一次呢。」

「什麼嘛，就只會居功。」

鳥羽對兩人的爭執充耳不聞。他望著車窗外，思索該怎麼做才好。

在新宿車站下車，穿過南口驗票口之前，鳥羽都和那兩個女生一道。倒不如說，是她們兩個跟了上來。維持著彼此牽制的距離，默默跟在後頭。

但這樣的行動，也只到看見公司廂型車停在南口外面的路上，葛城久美子從整個打開的天窗探出身體爲止。久美子一看到鳥羽，立刻用力揮舞雙手：

「老大，歡迎回來！」

這樣的歡迎讓鳥羽招架不住，但身後的兩個女生似乎更爲掃興。她們突然親密地竊竊私語起來，迅速密談之後，拋下一句「那我們走了」，跑進人潮中。

「原來老大有旅伴呀？對吧？原來你沒有乖乖的。」

久美子甩了一下束在後腦的馬尾，緊迫盯人。久美子是個很奇妙的女孩，只要換了髮型，人格也會跟著改變。梳沉穩的髮髻時，完全就是個大家閨秀；然而綁辮子或馬尾時，頓時連口吻都成了個青少女。

「是對方倒貼上來的。」

「這可不能當成藉口。」

「唔，好了啦，妳特地來接我吧？咱們去吃點好料吧。」

久美子開心地拍打雙手說：「我就指望老大請客。」

她關上天窗，回到駕駛座。她一身運動服、牛仔褲加運動鞋的打扮。洋紅色的運動衣胸口，以斗大的渾圓字體印著「閃亮女士」。

「妳去了現場嗎？」

鳥羽在副駕駛座繫上安全帶問。久美子吐了一下舌頭：

「五點過後才去的。總不能讓社長室空著。那邊正爲了人手不足而頭痛，而我又閒得發荒。野田副社長同意我去的。」

「那麼喜歡現場的話，要我調妳的職位嗎？祕書我會另外聘人。」

「壞心眼。」久美子噘起嘴唇，駛出車子。

鳥羽和野田共同經營的公司，專門承包大樓維修及清潔工作。除了一般的日常清潔，還包括了空調管線的大掃除和全面消毒。顧客當中，也有各地的半導體工廠，那些地方除了清潔以外，也負責無塵室的管理。幸好生意好到訂單都接不完。

「閃亮女士」是鳥羽構思、野田命名的公司名。指的是全由二十到四十前半的女性所構成的專業清潔表演部隊。她們穿著整齊畫一的制服，出動到百貨公司、電影院、活動會場這些重視「外觀」的顧客場地，進行一般清潔工作。也就是將所謂的「打掃阿姨」的形象一百八十度翻轉，將清潔工作本身變成一種表演秀。
「令堂還好嗎？」
久美子變回恭敬的語調問。
「唔……還是老樣子。因為有吃藥，還算健康。」
「這樣嗎？那太好了。」久美子略略縮起脖子笑道。
野田說「久美子那種笑法，真的專殺大叔」。「我不說難聽話，把久美子讓給我吧。她不是你應付得了的。迷上她會早死的。」
「老大在怪笑些什麼？」
久美子用手肘撞過去，鳥羽恢復正經的表情：
「有件事想問問妳的意見。」
「問我的意見！什麼事呢？」
「這事很嚴肅。我正在猶豫到底是要向兩個女生說出真相，還是任由她們誤會？」
久美子抓著方向盤，裝出嘔氣的表情。「我不想看到老大為了我們以外的女生煩惱耶。不過還是請說吧，是什麼事呢？」
在甲州街道停滯的車陣中，鳥羽說出來龍去脈。

4

隔天因爲和東洋精密機械的總務部長約好了時間，鳥羽帶著久美子前往東銀座。

「不用見上司也無所謂吧？」久美子皺眉說。「只要找高井小姐和柏木小姐，請她們喝杯茶，說明一下就結了吧？透過上司太誇張了啦。」

「又沒人說要跟總務部長說撞鬼的事。」鳥羽滿不在乎地說。

「可是……」

「我是要趁她們兩個下班以前，談個生意打發一下時間。如果順利拿到合約，豈不是一石二鳥嗎？」

「這個守財奴！」

接待小姐出來，兩人立刻被帶進裡面。公司是六樓建築，兩人被帶到三樓會客室。

「或許就是那間會客室。」

鳥羽小聲說。久美子嚴肅地點點頭。

踏進裡面，從正面窗戶看出去，就正對著隔壁大樓的窗戶。高度完全相同。待領路的接待小姐離去後，鳥羽走到窗邊：

「眞令人驚訝。」

隔壁大樓的窗戶裡，兩名女子隔著一張小桌對坐，低著頭正在裝訂像傳票的東西。還有兩名中年男子，也許是覺得相馬自殺以後，丟下兩個女生在那裡太可憐而如此安排。但鳥羽板起了臉。

——反正都是租的，怎麼不換一間就好了……？

「她們還在整理那些東西。」

鳥羽回頭叫來久美子。

「就是她們兩個。高井良子和柏木美保——」

鳥羽低調地舉手，正要爲久美子指示的時候，窗戶對面的柏木美保抬頭看了這裡。瞬間，她尖叫起來。

即使相距兩公尺，中間還有玻璃窗阻隔，卻還是能聽見那駭人的尖叫聲。美保尖叫著從窗邊後退，衝出房間了。隔了一拍呼吸，高井良子也發出相同尖叫，跟著跑了出去。

「我去看看情況。」

久美子簡短地說，離開會客室。只留下鳥羽一人。

沒有別人。不可能有別人。

遑論鬼魂。

是被認錯了——他想。沒錯，她們不是說過嗎？井坂和鳥羽長得很像。
——太大意了。
但是，沒想到她們竟然變得那麼神經質……
結果甚至演變成驚動救護車的大騷動。
東洋精密機械的員工似乎沒有聯想到訪客和女員工歇斯底里發作之間會有因果關係，拚命向鳥羽和久美子道歉，請求另外擇期會面。
「這樣不是很好嗎？反正這裡拿不到生意的。」
久美子略為垮下肩膀說。
「窗玻璃和展示櫥窗那些，如果交給我們，是可以變得更光鮮亮麗，但感覺這家公司不會想在這些地方花錢。」
正如久美子所說，在各個方面，這家公司都對員工及設備不夠用心。
「去醫院看看吧。」
鳥羽領頭走出外面。
「聽說送到附近的急救醫院了。快點向她們說明比較好。」
自殺的相馬，並非看見井坂的鬼魂。他也不是因為撞鬼而痛苦，呻吟「我再也受不了了」。那純粹是幻覺。而且毫無疑問地，相馬本人也很清楚是幻覺。鳥羽這麼推測。

因爲——

兩年前，即將退休的相馬「變得面無表情，手會發抖」。但經過約一年的空白，被回聘爲約聘員工時，已經恢復正常。不過開始服藥。

這段描述，與住在上諏訪療養院的鳥羽母親狀況完全一樣。

鳥羽的母親得了帕金森氏症。這是大腦掌管運動功能的部位中，製造多巴胺這種神經傳導物質的細胞遭到破壞而引起的疾病。手抖、聲音變化、運動障礙、失去感情的木然神情——全都符合。

但帕金森氏症的這些障礙，已經有很好的藥物可以控制。也就是稱爲L-DOPA的多巴胺前導物質。如果是因爲缺乏多巴胺而引發的症狀，只要藉由攝取多巴胺，就能得到緩解。但由於無法直接向大腦注入多巴胺，因此便改爲供應多巴胺的材料——左旋多巴。

這種治療方法極爲有效，幾乎如同奇蹟一般。原本連自己扣釦子都沒辦法的鳥羽母親開始接受左旋多巴的治療後，恢復到能夠彈奏療養院娛樂室的鋼琴了。鳥羽目睹這一幕時，驚奇到幾乎無法呼吸。

退休到回聘的這一年多空檔，相馬應該也接受了這種治療。沒有立刻回公司，或許是因爲感到不安。也許他一直在忍耐，直到充分確定自己沒有問題。然後他總算重回工作崗位。

然而——

太可憐了。

儘管左旋多巴如同奇蹟，卻有個缺點。那就是強烈的副作用。幻覺、睡眠障礙，以及接二連三、糾纏不休且栩栩如生的惡夢——

在伊豆的高爾夫球賽住旅館時，相馬會那樣困擾室友，就是因為藥物的副作用——鳥羽馬上就想到了。

他的母親也有段時期飽受相同副作用折磨，而不得不停止服用左旋多巴。但是一停止服用，魔法便解除了，母親又重回醫院。她幾乎無法下床，連梳頭髮、捏起一根髮夾都沒辦法。但是她必須承受這種狀態。因為只要暫時徹底禁絕左旋多巴的攝取，然後再減少服用量從頭開始服用，就可以擺脫惡夢和幻覺了。

——可是停藥痛苦到讓人想一死了之。

母親曾經噙著淚這麼說。

——我因為有你，不用擔心生活，所以還好，但是對於那些因為吃藥才有辦法工作生活的人來說，停藥就等於要他們的命。

即使退休，也希望多工作一天是一天——對於這種處境的相馬來說，不管在經濟上或社會上，停藥完全就是死活問題。而且即使善意地去看，東洋精密機械也難說是對員工充滿關懷的企業。相馬一定拚命隱瞞自己生病的事實。

「是要停藥，還是接受幻覺？」

相馬無法停藥，卻也「再也受不了」幻覺了。所以一時衝動之下，選擇了死亡。

兩人很快就找到公司告訴他們的急救醫院了。進入大廳，候診室擠滿了病患。勞累困頓的母親抱著哭叫的幼兒。一名男子身體折成兩半躺在長椅上，不知道是不是肚子痛。久美子害怕地挨上來，抓住鳥羽的手臂。

「社長，可是爲什麼相馬會看到井坂的幻覺？」

鳥羽仰望著指示板，應道：

「左旋多巴會引發什麼幻覺，醫學上還不清楚。不，幻覺整體上來說，仍然屬於未知的領域。有時候呈現的是病患內心的擔憂，有時候則是出現病患害怕的事物。我媽說她看到的是早死的我爸——也就是丈夫的鬼魂，坐在旁邊的幻覺。不過她說這不太可怕。」

「那，相馬對井坂……」

「還是耿耿於懷吧。」

衝進會客室，大喊著「沒有、沒有，是我瘋了」，跳下大樓的相馬，實在太悲哀了。

羊保和良子被送去的治療室，在剛上二樓的地方。兩人叫住剛好走出來的年輕醫師詢問，他說就是他負責的。

「她們兩位現在都很激動，所以打了鎮定劑，讓她們先睡一下。」

鳥羽遲疑了一下，把詳細狀況告訴了這名醫師，順便詢問他的意見。

年輕醫師雙手插在白袍口袋裡，直盯著腳下聆聽，待鳥羽說完後，抬起頭來點點頭：

「我也認爲你說的那位相馬可能是帕金森氏患者。自殺理由應該就像你說的那樣。」

鳥羽鬆了一口氣。「這樣啊。那，可以請醫生把這件事告訴那兩位東洋精密機械的小姐嗎？我本來打算自己告訴她們，但由醫生來說，更有說服力。她們兩個會歇斯底里，也是因爲以爲在那間會客室看到了前同事井坂的鬼魂。」

結果年輕醫師苦笑起來：

「唔……也不是吧。」

久美子仰望鳥羽，挨得更緊了。鳥羽問：

「什麼意思？」

醫師嘆了一口氣，壓低了聲音說：

「我不相信鬼魂的存在，但兩位小姐被抬進來時，確實哭喊著『有鬼！有鬼！』。」

「她們是在說那個叫井坂的男員工鬼魂吧？不是的。她們是看到我，誤認成他而已。」

「不不不，不是的。」醫師搖著頭說。

「她們兩個，」醫師指著鳥羽說。「說你旁邊有鬼。而且不是叫井坂的人，而是叫相馬的人。」

二人不發一語，杵在走廊上良久，久到連旁人都感到奇怪。

好不容易，久美子緊抓著鳥羽的手臂細語道：

「她們兩個一定是在後悔相馬生前沒有對他好一點。是覺得內疚啦。」

「所以看到了幻覺嗎？」

「嗯。」久美子點點頭。

「就這麼解釋吧。」醫師留下這話離開了。

留在走廊上的鳥羽和久美子又繼續站了半天。寬闊的窗玻璃上隱約倒映出兩人身影。

「上面照到的只有我們兩個吧？社長。」

「沒錯。」

「我暫時不去現場了。我要乖乖待在社長室，不想踏進陌生的大樓了。」

鳥羽用力眨了幾下眼睛，舉起一手抹了抹臉：

「就這麼辦吧。以後不管在火車上聽到別人說什麼，我也不會再亂攪和了。」

然後，鳥羽在折回大廳的時候想著：好想來支菸……

現在的話，或許久美子也願意暫時將打賭束之高閣。

耳語

「這眞的很蠢對吧？可是如果說奇妙，確實很奇妙。居然說什麼鈔票會說話。」

雅子從冰淇淋汽水裡面捏出櫻桃說。

嗓門還是一樣很大。在午餐時間人聲鼎沸的餐廳裡，仍顯得格外刺耳。正要在旁邊卡座安頓巾年男子嚇一跳似地看向我們。

我覺得丟臉，縮起了脖子。男子看起來像是剛打完高爾夫球回來，帶著一只細長且沉甸甸的塑膠皮包。他手巾的袋子差點滑落，他又被那聲音嚇了一跳。

雅子完全不以爲意。她完全不放低音量，若無其事地繼續說下去。

「果然是中年憂鬱症發作嗎？」

她用力攪動吸管，噴出來的一滴汽水落在我的臉上。我用手背揩掉。

「這就是妳說的上好題材？」

「是啊。」雅子點點頭。接著咧嘴吐出舌頭：「看，打成結了。」

我明明說過了，用舌頭把櫻桃果柄打結，又不是什麼値得向人炫耀的才藝。整天吵著會胖會胖，但每次到咖啡廳，雅子總是要點冰淇淋汽水，我覺得也是想要秀這一手。

「可是幻聽喔……感覺好陰沉。」

我嘆了一口氣，望向窗外。

隔著一片窗戶的室外，天氣好到讓人覺得工作實在浪費生命。路上行人的表情看起來也有些浮躁。

這麼說的我自己，也和外面的行人一樣是上班族。我任職的公司專門替外食產業或飯店等大型專門店設計廚房設備，今年已經第五年。也有朋友說得很簡單，「原來是蓋廚房的啊」，但其實這份工作需要最近所謂的人性化科技，內涵相當深奧。

我和雅子是青梅竹馬，前前後後認識了也二十年有了。我從小就清楚她是什麼個性，因此聽說她進了銀行工作時，一開始還以爲是個玩笑。

那個雅子進銀行工作？接下來浮現腦海的，是新聞標題：

「大銀行再次爆發醜聞　女行員線上盜領一億八千萬圓　共犯男子一同落網」。

這件事我沒有告訴雅子。要是被她知道，她一定會逼我買東西送她，當成我這麼沒禮貌的懲罰。

而且我本來就被雅子騎在頭上了。據她的說法，青梅竹馬的我是非常可靠的代打。也就是在眞命天子出缺的時候，替她付帳、護送她回家的工具人。

我也曾經憤慨不已——極度憤慨不平！——但我和雅子的父母非常親，他們也都從我還會尿褲子的時候就認識我了，所以我屈居劣勢。

不過即使是這樣的雅子，也有一些優點。她有很強的資訊蒐集能力，有很敏銳的天線。她本來就非常愛玩，不管是話題電影、活動、特別的商店、最近剛開始流行的運動等等，總之她無所不知，都一定會嘗試看看。

因為這樣的特色，她人面相當廣。雖然也有點「只是厚臉皮罷了嘛」之嫌，但這裡我就替她說個話，形容為「討喜」好了。就算是隨便走進去的居酒屋，離開的時候，她也會變成一副光顧好幾年的老常客模樣。

今天我會說要請客，邀雅子出來，理由其實在這裡。因為我想請她從「最近發生的有趣事清單」裡面，分享一些給我。

公司刊物的稿件截稿日迫在眉睫。那是每一名員工都要輪流寫一次的專欄，內容自由發揮，與工作無關的內容反而比較受歡迎。

事到如今，可沒法只有我一個人拿「對不起我寫不出來」當理由。因為自從被點名寫稿，到今天的截稿日為止，足足有兩個星期。今早醒來，我就一直掛念著得快點動筆才行、非寫不可，然而卻沒有任何點子。一急起來就更寫不出來了。

打電話給雅子時，我完全是連一根稻草都想抓的心情。結果她說「我有上好的題材」，所以我才會像這樣專程跑到她上班的分行附近。

「早點動筆就好了嘛。」

雅子輕鬆地說。

「我也知道啊。」我回嘴說。「之前工作都很忙，根本沒空寫什麼公司刊物的稿子。」

「在我們國家，這就叫做藉口。」雅子裝模作樣地說。「總之，我手上上好的題材就是這個。難得一見的事呢。」

「可是，」我靠在椅背上，仰望店內天花板。「這個不行啦。沒有人會覺得有趣。」

「怎麼會？」

「因爲妳想想看嘛，那個叫高梨的次長，結果被送進醫院了不是嗎？」我嘆息說。「我說的『有趣的事』，是更陽光、正面的。這可是要登在公司刊物的內容呢。」

「傻瓜，所以才要選擇讓人感同身受、打動人心的故事啊。」雅子嗓門拉得更大，上半身朝我探來。「向前途無亮主管耳語，來自鈔票誘惑，現代上班族的哀歌！就這麼決定了。」

我堅決搖頭：「鈔票會說話，這完全是幻聽。壓力太大，神經失常。這種內容，工作壓力本來就大到胃痛的我們才不會喜歡。」

雅子鼓起了腮幫子：「什麼嘛，挑剔鬼！」

這時旁邊傳來動靜，一道聲音響起：

「不好意思……」

抬頭一看，剛才的中年男子微彎著腰站在桌旁。他交互看著我和雅子，眼神像在探詢。

「什麼事呢？」雅子搶先我討好地回話。男子微微欠身致意，接著說：

「我知道這眞的很沒禮貌，不過我聽見兩位剛才的話，想要請教一下那件事……」

「什麼？」

我加重了語氣質疑。在咖啡廳偷聽別人談話，這完全違反禮節。

男子慌了起來，以又大又結實的手抹了一把額頭。年約五十後半，頭髮幾乎全白了，額頭並排著好幾條明顯的皺紋。面色不紅潤，聲音很虛弱，像個病人。

「我眞的做了很失禮的行爲，這點無從辯解，不過……那個，剛才你們提到幻覺對嗎？其實我的朋友裡面，也有人遇到一樣的事，非常苦惱，所以我忍不住豎起耳朵聽起來。」

「眞的嗎？那太可憐了。」雅子坦然聽信。「總之，您先坐吧。」

雅子對我勸阻的眼神視而不見，以電梯小姐般的手勢請對方在我旁邊位子坐下。

男子再次行禮，坐了下來。

「敝姓今出川，就在這附近做生意，絕對不是什麼可疑人物。」他禮貌地說。

「好少見的姓氏喔。幸會。」雅子微笑。

不怕生這項優點，有時候也要看場合。雅子這種對他人毫不設防的個性，總是教我提心吊膽。我維持嚴肅，細心打量這個姓今出川的男子。確實，他穿著馬球衫，外罩開襟衫，腳上趿著拖鞋，一副從附近走過來喝杯咖啡的打扮。

「您是做什麼生意的？」

我開門見山問。今出川含糊地說：

「也不是什麼大生意。只是家小店，興趣的店。」

他疲倦地摸了一下額頭，咕咕噥噥以辯解的語氣接著說：

「我以前也是上班族。五年前因爲不景氣，公司縮減人力，說接近退休年齡的員工如果願意辭職，就增加兩成離職金。我本來就夢想要自己開家店，二話不說就答應了。」

「眞不錯呢，教人羨慕。」雖然並非眞心，但我基於禮貌這麼說。但今出川一本正經地轉頭看我。

「沒有的事，我完全做錯了。」他沉重地搖搖頭。

「這一帶的地價上漲，做生意很辛苦呢。」

雅子一副過來人的口吻，今出川大大地點頭：

「就是啊，教人傷透腦筋。店裡的租金漲個不停，搞得我焦頭爛額。當然不光是這些，還有生活費和小孩子的學費。凡事都要花錢。都說金錢是敵人，這話一點都不錯。」

語氣就像在咒罵。

「您說您朋友聽到幻聽，是什麼時候開始的事？」或許是想要改變話題，但雅子哪壺不開提哪壺。

今出川完全沉浸在自己的思緒裡，沒有回話。雅子看我，就像在說「好怪的人」。我用眼神強調「看吧，就叫妳不要扯上關係」。

「——鈔票會說話。小姐，您剛才是這樣說的吧？」

今出川突然開口。雅子嚇了一跳，眨了眨眼：

「對……就是這樣。」

「那聲音並不大吧？我想、我想它們應該就像是耳語呢喃吧？」

「**它們**？」我反問。然後不待對方回答，赫然悟出答案。

當然，這才不是今出川「朋友」遇到的事。為幻聽苦惱的就是他自己。

「真的很奇妙呢。您怎麼會知道？沒錯。高梨次長說，那聲音會非常親密地對他喃喃耳語。大部分聽起來都是女人的聲音，還說是很甜蜜的迷人聲音。」

雅子輕鬆地說著。今出川放在長褲大腿上的手使勁，探出上身轉向她：

「可以請妳說得更詳細一點嗎？妳說他被送進醫院，是真的嗎？」

雅子瞄了我一眼。沒關係吧？又不是直接跟我們有關，告訴他嘛——她的眼神在這麼說。勸阻也沒有用。因為我對這話題反應冷淡，所以她覺得說不過癮吧。她開始一瀉千里地重複對我說過的相同內容。

高梨次長是身爲窗口人員的雅子直屬上司，今年五十五歲。雖然升遷得很慢，但爲人認眞和氣，女行員都很喜歡他。事情的起因，是這樣一個人居然拿了銀行裡的現金逃走。

說是拿錢逃走，做法也非常詭異。高梨次長從自己的座位站起來，走近營業櫃檯，從堆在櫃檯內封好的每捆一百萬圓的萬圓鈔票當中，就像抓起一疊傳票似地，隨手抓起五捆，也就是五百萬圓，朝通行門走去。

當時已經過了下午三點，因此銀行裡沒有客人。門口和窗戶的鐵門都拉下來了，空蕩蕩的樓層內，螢光燈顯得刺眼。底下約二十名行員默默工作著。電話響起，點鈔機啪啦啦吵雜地運作著。每個人都很忙，因此一開始也沒有人注意到高梨次長的行動。

「因爲次長拿鈔票是當然的事。沒有人會起疑。」

但是當高梨次長走出櫃檯外面，開始往通行門走去時，警衛還是注意到了。警衛出聲問怎麼了，但對方還是沒有停步，因此警衛搭住了他的肩膀。

結果高梨次長大夢初醒。完全就是這樣的表情。他猛地一驚，原本赤裸裸地抓在手裡的成捆鈔票掉到地上。然後他說：

「我……做了什麼？」

五捆百萬圓鈔票，剛好是可以一把抓的量，我覺得從這裡也可以看出這是多麼毫無計畫、衝動之下的行動。

上司立刻把高梨次長叫去。不管任何人來看，高梨次長的精神狀況顯然都不正常。然而聽到他的說法，銀行裡的人更加吃驚了。

「據說次長說，他從三個月以前，就開始聽見鈔票對他喃喃耳語。櫃檯、提款機那些地方，都有一堆現金嘛。他說那些現金在對他說話。」

「他有說是因爲什麼原因而開始聽見嗎？」

「說是某天突然就聽見了。」

「鈔票會對他說什麼？」

今出川一動不動，聚精會神聆聽著。他的態度實在太認眞，我有些背脊發涼。這種感覺——這冰冷的寒意，沒錯，很像那個，夏天在露天啤酒館坐在裝飾冰雕旁邊的感覺。

「說什麼喔……就是在誘惑他。把我們拿去用吧！會非常爽快喔……不管再怎麼拚命工作，你一輩子也賺不到現在在這裡的我們一半的數字吧，既然如此，爲什麼不伸手把我們帶走呢？喏，拿起我們，走出外面吧！去更好的地方吧！走嘛，走嘛，走嘛……」

剛才聽到這一段的時候，也因爲我很沒勁，一點都不覺得有什麼。但現在被雅子甜膩的嗓音反覆喃喃，我漸漸有點理解日復一日，在職場被圍繞著自己的大量鈔票喃喃耳語的高梨次長心情了。

那聲音在腦中聽起來一定很愉悅。不管再怎麼否定，仍兀自喃喃不休的聲音，逐漸沁入心頭——

「很討厭對吧？」我望向今出川。「從事經手現金工作的人，被那些錢引誘著：快來用我吧、快來用我吧……」

今出川默默地、慢慢地點了點頭。他嚴肅的態度幾乎讓人發毛。

「這如果不是銀行而是酒行，那就不得了了。不管是老闆還是打工店員，一下子就會變成酒鬼了。」

我玩笑地說，捧場發笑的卻只有雅子。

「是在教唆。」今出川嘟囔自語道。「它們是在教唆。果然是這樣嗎？」

我突然想問今出川：那麼你聽到的是什麼樣的耳語？你說的「它們」，是在教唆你別付那貴得要命的房租了嗎？我想將一切一笑置之。

但今出川是認眞的。

「那麼，那個人是屈從了鈔票的細語，做出了那種事呢。」

他鄭重起見地盯著雅子問。

「沒錯，就是這樣。這當然是不可以的行爲，所以一開始他也覺得自己不正常，拚命忍耐。可是那天他終於陷入喝醉或是作夢般的感覺，迷迷糊糊地就抓起了鈔票。」

「小姐知道得眞詳細。」

「因爲今天早上開會的時候，分行長親自向我們說明了嘛。說事情發生在眾目睽睽之下，如果隱瞞，反而會引發不安。不過，這種事不要傳出去喔。」

雖然覺得這叮嚀來得太晚，但雅子噘起嘴唇說。

今出川心不在焉，眼睛望著不相干的方向。

「您沒事吧？」我出聲。

「是什麼——」他說到一半，總算看向我。「抱歉，我沒事。小姐，再請教妳一個問題就好。那個人怎麼了？他有說鬧出這種事以後、聽從『耳語』之後，他是什麼感覺嗎？」

「他說就像解脫了。」

今出川單手拍了一下大腿：

「解脫了！」

「對。他說一直以來，對耳語充耳不聞，讓他非常痛苦，但聽從之後，心情一下子輕鬆了，說好久沒有感覺這麼幸福了……不過我得提醒，次長現在人在醫院喔。」

「精神科對吧？」

「對。聽說他啊，就一個人孤零零坐著，臉上淡淡笑著，露出沉浸在只有他聽得見的音樂裡的表情。他太太跟小孩眞是可憐呢，對吧？」

後面的話是對我說的。爲了驅散愈來愈脫離現實的氛圍，我開口：

「簡而言之就是壓力太大啦。次長也不是缺錢吧？」

「當然囉。」

「問題出在他的心。就快退休了，健康狀況開始走下坡了。次長這職位就像三明治的餡，被夾在中間，心情半刻都鬆懈不得。我這輩子就這樣完了嗎？我本來是不是還有更不一樣的人生？……會萌生這樣的疑問和後悔。也就是所謂的自我危機。這些壓力化成了『鈔票喃喃耳語』的妄想呈現出來。」

雅子睜大了畫著粗眼線的眼睛：「好厲害喔！這套你是在哪裡學的？」

「注意心理健康，已經是現代上班族的常識了。粉領族就輕鬆多了，眞教人羨慕。」

被我和雅子遺忘的今出川，以和來時同樣唐突的動作離開座位，開朗地說：

「**他解脫了**，對吧？」

他頭一次愉快地微笑著。

「可以解脫。原來如此。這樣啊。謝謝兩位。」

我們有點傻住了，目送著今出川就這樣一把抓起他的塑膠提包，走向結帳臺，陷在無疾而終的感覺裡。

「好怪的人。」雅子第一次壓低音量，如此笑道。「如果是那個人，一定是因爲缺錢才會聽到錢在對他說話。」

我很驚訝：「原來妳發現他在講自己了？」

她得意地抬起下巴：

「廢話嘛。聽到幻聽，苦惱萬分的就是他本人。在訴說煩惱的時候，每個人都會假裝成是『我朋友』嘛。」

說完之後，她有些感傷的樣子：

「可是，眞可憐呢。」

一陣冷風吹過般的沉默降臨。我和雅子兩人獨處的時候，鮮少會遇到這種情況。結完帳的今出川看也不看我們，匆匆推門離開。

不久後我說：「有點可怕呢。害我覺得搞不好我也會聽到什麼。」

「討厭啦。」雅子皺眉。

「可是，不就是這樣嗎？我想起了黑白棋。」

「黑白棋？用黑棋白棋占地盤的遊戲嗎？」

「對。黑白棋有時候乍看白棋占有絕對優勢，卻會因爲一顆黑棋放到某個角落，就全盤逆轉，對吧？人失常時候和這也很像吧？正常與瘋狂，會因爲一點小契機就天翻地覆……」

「別說得那麼誇張好嗎？」雅子笑道。「更輕鬆一點看待就好了嘛。雖然我覺得酒行老闆要是得了這種精神衰弱症，一定會很困擾。」

「因爲會開始酗酒？」

「對，比侵占公款更嚴重。」

「還有……是啊，像是刀具店或槍砲店。」

就在這時，我的目光釘住了窗外一景。

雅子也疑惑地轉向窗外。她的眼睛就這樣睜得老大。

店面的大馬路上，今出川就像變了個人，神采奕奕地走著。歡欣鼓舞、活潑自在。但問題不在這裡。

今出川幾乎是小跑步地，拉開了手中的塑膠提包拉鍊。從裡面拿出來的東西，我——恐怕雅子也是——生平頭一次看到實物，但我們仍然知道那是什麼。

是獵槍。

「**那到底是什麼？**」雅子指向今出川。我按住她的手。萬一今出川聽到雅子的聲音，折回這裡的話——

今出川往前跑。那張臉充滿期待。動彈不得的我目送著他，悟出圍繞著他、對他喃喃細語的東西是什麼、「它們」教唆他做什麼的瞬間，雅子上班的銀行方向傳來一道刺耳槍響。

形影不離

1

她在三更半夜的兩點十四分到來。

爲什麼非是這個時刻不可，相原眞琴後來才知道理由——不，更正確地說，是落入知道理由的窘境，但當時他還窩在被子裡，和平沉浸在夢鄉裡。

「起來。」她說。「叫你起來！」

眞琴翻了個身，往被窩裡鑽。她耐性十足地繼續出聲：

「起來啦，喂，快來不及了啦！」

來不及。就算睡昏了頭，這三個字依舊效果十足。眞琴掙扎著爬起來，眨著沒戴眼鏡連鼻頭都看不見的重度近視眼睛，在漆黑的房間裡喊著：

「怎樣？媽，已經這麼晚了嗎？」

「我不是你媽。」近處某個年輕女聲應答。聲音很甜美，是眞琴的母親連婚前都不曾發出過的甜美聲音。

「看清楚。」那聲音繼續說。「我在這裡。」

眞琴眼前有一張白臉，宛如春霞籠罩的滿月般朦朧。五官分明，怎麼看都是二十出頭的女孩的臉。

「晚安，還是早安呢？」她露出整齊的白牙笑道。

「妳是誰？」眞琴仍一臉惺忪地應話。「在這裡做什麼？」

對方還沒回話，眞琴就覺得明白了。什麼嘛，又來了嗎？

「喂，妳找錯地方了。」他冷漠地說。「我哥的房間在隔壁。不過前提是妳要找的是俊幸哥。正幸哥的話，他房間在對面。還有，離開的時候小心樓梯下去第三階。要是踩到正中央，會嘰一聲很大聲。指路就到此爲止。好了，晚安。」

眞琴鑽進被窩裡，結果甜美的聲音不滿地說：「眞是拿你沒辦法。你連這裡不是自己家都忘了呢。」

輕聲嘆息。接著那聲音急躁地、有些調皮地說：

「好吧。因爲會來不及，總之我就打擾了。」

瞬間，被窩裡的眞琴劇烈顫抖起來。不是因爲冷。正確地說，是從體內傳出了振動。怎麼搞的？他仰躺著眨動眼睛。就像被按下開關，睡意詭異地消失得一乾二淨。

「怎麼樣？這次終於醒了吧？」同樣的聲音接著傳來。聽到聲音的同時，眞琴猛地雙手摀住自己的嘴巴。

怎麼可能？

「不要怕。可以放手嗎？我沒辦法說話了。」

明明按得老緊，嘴巴卻自己動了起來。那悅耳的聲音、年輕女孩愉快的話聲，是從眞琴自己的嘴巴裡冒出來。

我在作惡夢。他捏了捏自己的臉頰。

很痛。

拍自己的臉頰。

發出「啪」的一聲。眞琴瞪大了眼睛。

「不要這樣。」嘴巴又自己動起來，冒出了女生的聲音。眞琴拚命摀住，卻感覺得到掌心底下的嘴唇——明明他不想這麼做——自己動個不停。

「拜託，不要那麼害怕。一點都沒有什麼好怕的。」

「妳、妳、妳、妳是、是誰？」眞琴把所有的毯子和被子都抓攏過來，張望整個房間，尋找聲音的主人，好不容易才擠出聲音。聽到自己的聲音，他安心到都快頭昏腦脹了。

然而安心只持續一下子，嘴唇又繼續自作主張了。冒出來的是那甜美聲音，加上些許鬧脾氣的語調。而且眞琴的嘴唇噘成可愛的形狀，好確實地發出那種聲氣。

「明明是男生，怎麼這麼膽小？驚慌失措成這樣，搞得跟你在一起的我都丟臉了。」

眞琴嚇破膽。心臟原地踉蹌了兩三步。

「妳說什麼？」眞琴發出走了調的聲音，對著觀葉植物盆栽、整理櫃和梳妝檯及牆上的月曆，牙齒打顫地問。「什、什、什麼跟我在一起，這、這、這——」

「叫你不要怕啦。軟腳蝦。」

「可是，這到底——」

「我會解釋給你聽，所以你暫時先不要說話。要是兩個人搶著說話，會咬到舌頭的。雖然咬到的是你的舌頭，我無所謂。」

眞琴懷疑自己瘋了。因爲三更半夜兩點多，在只有他一個人的房間裡，男人的聲音在說話，女人的聲音在應答。

「可以幫我叫救護車嗎？」他虛弱地懇求。「還是叫計程車比較好？因爲救護車的話，他們可能會讓我套上拘束衣。」

「傻瓜，你正常得很，只是被我附身了而已。」

「**附身**？」

「對，我是鬼。」

眞琴已經無話可說，直接栽倒在枕頭上。

相原眞琴受認識的夫妻委託，在他們出國旅行兩星期的期間，幫他們看房子。他會答應這個差事，不光是被報酬吸引而已。

這段期間可以離開家裡。這是多大的幸福啊！

眞琴家是個大家庭，有父母和五個兄弟，他是最小的么兒。排在上面的四個哥哥，分別叫和幸、紀幸、俊幸和正幸。只有眞琴一個人的名字沒有押韻腳，是基於常見的理由：父母希望第五胎絕對要是女生，出於一廂情願的期望，只準備了女生的名字。

那就是「眞琴」。實際上站在父母的角度，他們覺得取了個很優雅的名字。

這也就罷了。到這裡都還可以原諒——眞琴展現寬容大度的一面。他不能原諒的是，實際生出來是個男生，他們就一副「唉，太麻煩了」的態度，直接拿這個名字給男寶寶用了。眞琴。MAKOTO。光聽發音，是個很平凡的男生名字。問題出在選擇漢字的階段。以前參加某個社團的說明會時，櫃檯遞出女生用的標紅線的名牌時，對方和眞琴都尷尬極了。

大部分搞錯性別的人，在眞琴面前愈裝得若無其事，一待他不在場就爆笑得愈厲害。

名字會左右事物的本質。老虎在被命名爲「老虎」以前，是支配叢林、在夜色中跋扈張揚的惡魔般猛獸。然而一旦被取了名字，分門別類，就淪爲可以輕易用子彈射穿額頭的肉食動物了。

眞琴的名字成了區隔他和四個名字押韻腳哥哥們的森嚴高牆。他十三歲的時候，聽到一個叔叔說「眞琴等於是上面哥哥們的胞衣變成的嘛」，憤而離家出走，但如今回想，他覺得這話或許也說出了部分的事實。

因此只需要澆澆盆栽、整理郵件的看門差事，對眞琴來說是求之不得的喘息。然而……

「跟你說，我的名字叫姬野君繪。直到五年前都住在這一戶。」

眞琴脫離驚嚇狀態後，女聲先要他「你放輕鬆，然後聽我說」，接著開始說明。

「五年前的六月，我從這裡的屋主夫妻用來晾衣物的陽臺窗戶跳樓自殺了。」

這裡是公寓的五樓。眞琴的喉嚨開始乾了。

「那妳怎麼會在這裡？」

「用簡單的一般說法來說，因爲我無法超度。我成了地縛靈了。」

眞琴對著黑暗哈哈大笑。他笑完之後，傳來自稱姬野君繪的鬼魂擔心的聲音：

「你還好嗎？你眞的很膽小呢。」

「胃也不好。」眞琴喃喃道。「我快吐了。」

「要不要喝點酒精？或許可以醒醒神。」

眞琴聽從建議，從冰箱拿出罐裝啤酒，一飲而盡。

「我說的是白蘭地那類欸。你眞是一點浪漫情調都沒有。你沒看過《亂世佳人》嗎？」

「別扯那麼多，快點說下去。」眞琴強勢地說。接著他提心吊膽地走到梳妝檯，用力縮起下巴對著鏡子，一字一句慢慢地張動嘴唇說：

「鬼魂找我做什麼？」

眞琴目擊到鏡中原本十足警戒的自己表情突然變得柔和。他看見自己的眼神變得在誠懇傾訴。接著嘴唇柔軟地張動，以君繪的聲音訴說：

「我希望你把身體借給我。」

眞琴又笑出來了，君繪沉默了片刻。

「你很愛笑呢。」

「每次聽到哥哥他們的女朋友說『把你的身體借給我一晚……』，我總是羨慕極了。」

君繪冒出來發出驚訝的聲音：「現在的年輕女孩居然會滿不在乎地說這種話嗎？我還活著的時候，根本不敢想像。」

「這話好老太婆喔。妳、那個——死掉的時候幾歲？」

「二十二歲。很可惜對吧？」

「妳怎麼會自殺？」

「因爲失戀。」聲音消沉下去。「因爲我是認眞的。」

「所以死後也陰魂不散，沒法超度嗎？」

「不是這樣的。」眞琴自己搖頭，接著歪起頭：「那是爲什麼？」君繪冒出來回答他：

「我想要工作。活著時，我從來沒有做過任何幫助別人的工作。自殺後失去肉體時，最讓我後悔的就是這件事。我想要做點工作。所以才想借用你的身體。你有打過工對吧？」

「有是有……」

眞琴在大三時中輟——因爲留級覺得麻煩，乾脆不讀了——此後就一直是打工族。

「求求你。你待在這裡的期間就行了，可以做一下我想做的工作嗎？除了你，我沒有別人可以拜託了。」

沉默了一陣之後，眞琴慢慢地開口：「妳是不是搞錯了？」

「怎麼說？」

「我是男的耶。」他用指頭指著梳妝檯的鏡子敲了敲。

「我知道。」

「也就是說，我能做的打工，只有男人能做的工作。妳搞錯附身的對象了。去別的地方找女生啦。」

「不行啊。」君繪的聲音變得有點消沉。「我剛才不是說了嗎？我是地縛靈，沒辦法離開這裡。你也一樣，只要你離開這裡，我就再也沒辦法附在你身上了。」

「那，」和君繪相反，眞琴恢復了精神。「妳等我顧完這裡，去附身在這裡的太太身上啊。她是女的，又長得很漂亮。」

眞琴握拳捶了一下大腿。當然是君繪做的。

「我很想，可是雖然很不甘心，但就是做不到，所以我才會這麼困擾啊。」

「爲什麼？」

「她是個口譯員，我完全不會外文。萬一附在她身上，會給她惹出大麻煩。因爲只要我一出來，她就完全沒辦法工作了。」她停頓一下，吐露眞心話：「而且，她已經快四十了吧？」

事實上就像她說的，但眞琴不爽了。他誇張地皺眉，讓內在的她也能察覺：

「反正我就不會有任何困擾。反正我唯一的優點就只有年輕。」

「別這麼乖僻。喏，求求你嘛。」

「才不要。這太扯了。」眞琴冷哼一聲。「妳無論如何都想工作的話，就只能做我做的打工。妳想工作對吧？勞動者是不能挑工作的。」

眞琴認爲這下子就可以擊退她了。然而片刻之後，君繪卻噘起了嘴唇這麼說：

「好吧，既然你這麼壞心眼，我也自有想法。我要附在你身上，不停地跑出來，用我的聲音說話。周圍的人一定會嚇一大跳吧。」

眞琴瞠目結舌。他連話都說不出來，好半晌呆張著嘴，君繪溫柔的聲音便又接著說：

「喏，你懂了吧？你沒有選擇的餘地。」

「……好過分。太卑鄙了。」

不過這鬼也太怪了。特地從另一個世界跑回來，什麼要求不好說，居然「想要工作」？

「爲什麼妳那麼想工作？難不成爲了在另一個世界求職，必須累積陽世的資歷嗎？」

她笑出聲來。很悅耳的聲音。與其說是笑，更像是用靈魂這把吉他彈奏出琶音。

「就像我說的那樣啊。活著的時候，我從來沒有認眞拚命工作的經驗，這讓我覺得很遺憾。所以我才會跑回來。」

「妳好怪。」

「別這樣說。求求你，答應我的請求吧。好嗎？我不會逼你做奇怪的工作。我一直想做做看速食店的店員，因爲制服很可愛。還有伴遊也不錯，精品店店員好像也很好玩。」

眞琴再次說不出話來。「妳是不是忘了我是男生？」

「沒有啊。可是你的名字說是女生也完全通用，所以至少不必用假名。」

眞琴有了不祥的預感。「**至少**？」

「沒錯。」君繪愉快地說。「接下來只要穿上女裝，就完美無缺了。一定會很適合的。不用擔心，腿毛我會幫你刮乾淨。好嗎？小琴？」

2

「今天戴隱形眼鏡喔。」隔天早上君繪的第一句話是這個。「我絕對不要戴鏡片這麼厚的眼鏡。」

「妳這個吃白飯的少囉唆。」眞琴頂回去。「要是太任性，小心我把妳趕出去。」

「做得到就試試看啊？」君繪冒出來讓眞琴做鬼臉。他正在刮鬍子，差點就割到臉頰。

「喏，你看。」她立刻露出擔心的模樣。「受傷的人是小琴，要小心啊。」

「拜託，可以不要叫我那什麼『小琴』嗎？」眞琴打可憐牌。因爲現在主導權握在誰的手中是顯而易見——雖然以肉體來說，都一樣是眞琴的手。

「爲什麼？明明就很可愛。好了，在找工作之前，先買化妝品和衣服吧！」

出門經過管理員室前面時，眞琴努力停下腳步。君繪似乎迫不及待想購物，鼓起腮幫子冒出來說：「幹麼啦？」

「我想確定一下妳的身分。」

「你還不相信嗎？我不是像這樣千眞萬確地附在你身上了嗎？」

「不是，因爲沒有證據能證明妳不是狸貓或狐狸。我跟管理員說話的時候，妳絕對不可以出來。」

六句長者的管理員耳朵重聽，談話期間必須不停調整助聽器，但他一聽到姬野君繪的名字，立刻皺起了眉頭：

「哦，我記得。她以前住你現在顧的那戶人家。」

「聽說她是跳樓自殺？」

「就會給人惹麻煩。清掃起來累死人了，又傳出不好聽的風聲，那一戶好一陣子都租不出去。」

眞琴懷著既失望又安心的心情垮下肩膀。「果然是眞的呢。她是個怎樣的人？」

「長得是很漂亮啦。」管理員在鼻粱擠出皺紋說。「一副當人家細姨的嘴臉。感覺就很會討男人歡心，又心高氣傲的。」

「細姨？」陌生的詞讓眞琴卡住，君繪冒了出來：

「眞落伍，人家是小三好嗎？什麼細姨，又不是在演古裝劇。」

管理員一臉古怪：「咦？你說什麼？」

「沒事，自言自語。」眞琴摀住嘴巴，朝著自己的心臟——因爲他覺得君繪好像在那一帶——小聲斥道：「不是叫妳乖乖的嗎？」

「你說什麼？」管理員面露警戒。「什麼叫我乖乖的？什麼意思？」

眞琴急忙假笑：「沒有，我什麼都沒說啊。是不是助聽器怪怪的？」

「總之那是個壞女人。」管理員追擊似地對正要離去的眞琴說。「她連我兒子都送秋波，是個不好惹的姑娘喔！」

眞琴拚命跑過前庭，穿過大門。君繪突然冒出來，讓眞琴的身體煞車，開始大聲抗議：

「他血口噴人！給我回去！我要跟他說清楚，相反好嗎？是那個管理員的蠢兒子追人家的好嗎！」

「我知道了！我知道了，妳先進去！」眞琴大叫，抱著頭奔跑。兩名主婦剛好經過，食指在太陽穴旁邊轉著圈目送兩人——不，目送眞琴，喃喃道：

「春天來了，怪人都冒出來了嗎？」

春季西裝外套一件，上衣加裙子，有可愛緞帶的包鞋、名牌包、全套標榜使用植物油的自然派高級保養品——眞琴在君繪的操縱下，努力大肆採購。

「是要送給我女朋友的。」

「啊，客人的女朋友眞幸福。」

每一家的店員都熱情親切地送走眞琴。帳單是用眞琴的信用卡付的。

「饒了我吧！就算收到帳單，我也付不出來啊。」眞琴都快哭出來了。

「不用擔心，四十天後銀行才會扣款吧？我會在那之前想辦法。」

「我不知道妳要做什麼工作，可是不可能賺到付得起這些帳單的薪水的。本來是人家小三、不知道賺錢辛苦的妳，或許無法想像吧。」

「別說那種話。我是人家的小三，和不會造成你金錢上的麻煩，完全是兩碼子事。」

採買告一段落，「兩人」去咖啡廳休息。眞琴謹愼思考後，挑選可以背對店內客人的窗邊座位。因爲這裡的話，可以不用顧忌說話被人聽見，並看著自己倒映在窗玻璃上的臉說話。

從昨晚到現在的這段期間，眞琴發現即使是二十年來看慣的這張臉，只要君繪現身，表情就會出現微妙的差異。像是歪頭的角度、眉毛的動作、說話時的唇形。他也漸漸明白不只是聽聲音，把這些也綜合起來用眼睛看到，會更容易和君繪對話。

「可是妳要怎麼做？妳被放進棺材的時候，身上應該只帶著要過冥河的船資吧？妳是用那點零頭買了地獄的股票，大賺一筆嗎？」

君繪沒理他。裝模作樣地朝咖啡伸手。她似乎是咖啡派，女服務生一來，便搶先眞琴點了「本日特選單品」。結果害女服務生嚇了一大跳，眞琴也得一邊喊著「好苦」、「好澀」，什麼都不加地喝黑咖啡。

「你信用卡額度還有多少？」君繪放下咖啡杯問。

眞琴計算給她看——君繪居然連這點減法都不會！——她將咖啡一飲而盡，拿起帳單。

「好，那還沒問題。可以如同我計畫的進行。小琴，離開這裡之後，先買一條領巾。便宜貨就行了。買完後先回去換個衣服。」

「還沒完喔？」

「當然。我們接下來要去美體沙龍。」

接下來的幾分鐘，這家咖啡廳的客人目睹了有點好玩的一幕。一個貌似學生的年輕人想要從窗邊吧檯座站起來，又像被什麼東西絆住似地坐回去，重複了這樣的動作好幾次，而且還不停小聲喃喃自語著。

不久後，終於離開座位的他，掏出皺巴巴的帳單和零錢離開時，被收銀臺的店員們聽見他用快哭出來的聲音說「美體沙龍個鬼」。接著一道看不見人影的女聲從極近的地方鼓勵說：「打起精神來，不是什麼可怕的地方，很舒服的！」

一小時後，踏進「阿芙柔蒂黛俱樂部」時，眞琴穿著全新的上衣和裙子，腳上套著絲襪，頭上包著絲巾。

「這裡交給我。」

不用君繪說，眞琴早已連說話的力氣都沒了。

「我要深層臉部保養課程，還要挑一頂假髮。」

君繪俐落地吩咐穿著粉紅色制服的櫃檯小姐。

「好的。方便的話，可以請教假髮有哪方面的需求嗎？我們有不同的專員爲您服務。」

眞琴——君繪摘下絲巾。底下出現的，當然是眞琴從來沒燙過的乾燥短髮。

「妳看，設計師把我的頭髮弄成這樣。我說要染和燙直，結果他搞錯藥劑的順序，把我的頭髮都搞爛了，只能剪成這麼短。」

櫃檯小姐冶豔地微笑：

「我瞭解了，請放心交給我們吧。我們會爲您挑選一頂天衣無縫的假髮，在您的眞髮長回來之前，都不會有人發現。」

3

接下來的四天，君繪將全副心力都放在把眞琴的身體改造成女性——魅力十足的女性。這是件大工程。一開始眞琴東逃西躲，在梳妝檯前撐直了腿站著，拒絕坐下，君繪一拿起手鏡和唇筆，就全力抵抗，把那些東西丟開。

「小琴，你夠了沒！」君繪終於動怒，用力跺腳。「你明明說要配合的，騙子！」

「打死我都不要化什麼妝！」眞琴抵抗著。

「可是都走到這一步了，化妝根本不算什麼。明明挑假髮還比較羞恥。」君繪不滿地說。「莫名其妙。我在百貨公司看到，這年頭好像連男人都會化妝啊！」

「這跟那不一樣。」

「哪裡不一樣？用的明明是一樣的東西。」

接下來好一段時間，眞琴感覺不到君繪的存在了。他對著倒映在化妝檯鏡中的自己，提心吊膽呼喚：「不見了嗎？」

「我在。」君繪只用沉思般的聲音應了一聲。看來她似乎正在仔細觀察眞琴。眞琴坐立難安起來。

「我知道了。」不久後君繪冒出來，愉快地說。「我知道是爲什麼了。小琴是在害怕，對吧？」

她呵呵一笑。也就是眞琴的臉呵呵地笑了開來。

「放心吧。我對我的化妝技術很有自信，不會把眉筆插進你的眼睛裡的。」

被猜中了。眞琴拚命解釋：

「好吧，或許妳很會化妝，可是妳接下來要做的事，就像是一種遙控，妳要用的是打從出娘胎以來從沒化妝過的我的手——」

「沒問題的。」君繪斬丁截鐵地應道。「放心交給我吧。」

眞琴垮下肩膀。那麼，終於要進入女裝的最後階段了嗎？不過仔細想想，比起用「男人」的臉穿女裝，這樣或許還像樣些。

「眞的不會很久吧？」他對著鏡子確定地問。「妳一定會把我的身體還給我吧？」

「我絕對會遵守承諾。」君繪點點頭，著手開工。

她的技術教人嘆爲觀止。就連一開始緊張無比的眞琴，也對自己的手那細緻的動作、勾勒出精細眼線、修正唇形、掃上腮紅、刷上眼影、讓鼻梁更有立體感的她的技巧讚嘆不已，看得入迷。君繪進行各種實驗後，用卸妝乳清掉臉上的妝，又開始挑選其他妝容。

「原來女生都是這麼自由自在地打造自己的臉啊……」

眞琴帶著嘆息喃喃道，君繪冒出來微笑：

「小琴沒有女朋友嗎？」

「很遺憾，沒有。」事到如今對君繪也沒有什麼好隱瞞的。「雖然寂寞，但我沒有女人緣——等、等一下，妳拿那東西要做什麼？」

君繪現在用眞琴的手拿著像洗衣夾的同類東西。

「要把睫毛夾翹啊。」她沒什麼地說。「小琴的睫毛很長很漂亮，可是如果不讓它往上翹，就會在臉上投出陰影，變成落寞的神情。喂，不要跑！」

因爲突然想要撤退，眞琴被左手拿的手鏡狠狠地敲了一記腦袋。「看吧！」君繪笑道，取回控制權，開始對睫毛動手腳。洗衣夾一靠近，眞琴就像血腥電影中的女主角一樣尖叫。

「吵死了，閉嘴。可是眼睛可以張開，張得愈大愈好。」

君繪一面夾睫毛，一面回到話題說：「小琴怎麼會沒有女人緣呢？你身邊的女生眞是沒眼光。」

眞琴一直屏住呼吸直到君繪夾完，才總算答話：「不是啦，是我沒有吸引力。」

「才不會呢。你這樣不行，要對自己有自信。我覺得小琴是個很棒的男生喔！」

眞琴苦笑：「那是因爲妳現在寄生在我身上。」

「不對。我跟你說，女生不會注意你，是因爲你太內向了。」

「因爲……」眞琴先閉上嘴巴，等君繪抹完口紅。「我不像哥哥他們那麼帥氣，又不是運動健將，也不會說半點動聽的甜言蜜語。」

「女生才不想要那些。男生糾結的點都很奇怪呢。」

「那妳的男朋友呢？」眞琴改變矛頭。「讓妳住在這裡的男人，是怎樣的人？」

話說出口後，眞琴立刻反省了。因爲君繪就是被那個男人拋棄而自殺的。

「對不起對不起，不用理這個問題。」

君繪沉思了半晌，意外地露出了微笑：

「小琴眞是個好心人，跟我的他天差地遠。」

「也就是說，他是個冷漠的人嗎？」

「是啊……我對他來說還算新鮮的時候，他對我是很好。」

「原來是喜新厭舊嗎……？」

「錢多到花不完，好像就會變成這樣。女人一個換一個。」

「妳們是在哪裡認識的？」

「六本木的迪斯可。他現在還是會在那裡流連。」

「然後妳馬上就變成他的小三了？那傢伙手腳也太快了。」

「是啊。他長得帥，又有錢，是我求之不得的對象。那時候我還是個女大生，幾乎沒去上課，成天在外頭鬼混，順便物色有哪個男人可以供我金錢玩樂——讓我過上奢侈生活。」

奢侈嗎？這戶公寓，也是因爲現在的房客夫妻有雙薪收入，才負擔得起房租吧。因爲一個月的房租，就相當於低薪上班族一個月的薪水了。

「可是，如果妳對他只是這種程度的用心，也沒必要只是因爲跟他分手就自殺吧？」

「如今回想是這樣啦……」君繪又開始弄睫毛。「可是那時候我被他拋棄，覺得整個人的存在都被否定了。我認定自己是個沒價值的女人……」

「會這樣想喔……？」

君繪有些寂寞地垂下目光：「很傻對吧？那時候我把自己當成公主。年輕、漂亮、魅力十足，又精通引誘男人的手段。當時的我認爲，這就是身爲女人最重要的技能，其他都不重要。會想要學習其他技能的女人，都是因爲缺乏女人的魅力，才需要這麼做，我不需要這樣的努力。而需要工作、進修的女人，都是缺乏女人味、無法抓住好男人的缺陷品。」

這確實是很極端的觀念。眞琴慶幸自己不認識生前的君繪。要是認識這種女人，應該被她鼻子冷哼一聲，就不曉得被吹到哪去了吧。

眞琴遲疑了一下，問：

「他找來代替妳的女人，比妳更漂亮吧？」

君繪大笑：「小琴眞的不懂女人心耶。才怪呢，是個比我難看的醜八怪。所以才更教人難以忍受。一想到只是因爲新鮮，就被那種醜八怪取而代之，誰吞得下這口氣？好了，大功告成。如何？」

鏡中的相原眞琴，眞的美麗得判若兩人。

4

隔天，眞琴在君繪誘導下，拜訪了某家公司。

那是一棟玻璃帷幕大樓，大廳裝潢得連一流飯店都自嘆弗如。鏡子多到媲美凡爾賽宮，倒映在各處鏡中的眞琴身影——

「怎麼看都是個女人。」

「而且是絕色美女。」

就是美到這種程度。

鏡中的眞琴淑女地併攏雙膝而坐，時不時撫摸頭髮。

「不過絲襪這玩意兒穿起來眞是不舒服。女生居然能忍受這種東西。束腹也好痛苦，不能呼吸了。」

連上個廁所都是個折騰。一直以來，眞琴就如同絕大多數的男人，對於在春風中搖曳的長裙送上嚮往眼神，但從此以後，他會徹底改觀。

要將那捉摸不定、動輒從手中滑脫的布料牢牢攏起來，操作底下堅固的束腹，再褪下如鰻魚般難抓的絲襪上廁所，百貨公司和咖啡廳的化妝室簡直狹小到令人絕望。像這樣一看，幾乎長及腳踝的優雅長裙這東西，在某方面來說，其實相當不衛生吧？

「討厭，那只是小琴不習慣而已啦。」君繪責怪說，但眞琴全副心神都放在搞定下身衣物上，連踏進女廁這種千載難逢的體驗，都沒有餘裕仔細考察。

還有另一點，他覺得女生眞的很愛照鏡子。化妝間就不用說了，就連現在像這樣坐著，都可以看到許多女生一邊走路、一邊說話，或一邊寒暄，眼睛卻頻頻朝鏡子偷瞄。像這樣淪爲女人的樣貌一看，就可以清楚發現這個事實，相當奇妙。

而且不知不覺間，眞琴自己也會這麼做。

「好了，走吧！負責人出來說明了。」聽到君繪的聲音，眞琴回過神。前大晚上，君繪指揮眞琴寫履歷。好像是要來這裡參加求職面試。眞琴頓時不安起來：

「我說妳啊，要面試是沒關係，可是妳應該不是要成爲員工吧？不會說什麼要變成正職在這裡上班，要我把身體永遠借給妳吧？」

「我是來參加這裡的專務祕書面試的。」君繪乾脆地回答。

「祕書？」眞琴本人的聲音又走調了。擦身而過的男人瞪圓眼回頭，停步目送他離去。

「哪有這樣的？這太過分了！把我的身體還給我！這跟我們說好的不一樣！」

「別慌。」君繪壓低聲音。「我只是要參加面試，誰跟你說要通過面試在這裡工作了？」

「可是，妳不是說妳想工作？」

「對不起，我撒了謊。我沒有要工作。可是如果不這麼說，不管我再怎麼威脅，小琴都不可能答應像這樣幫我，對吧？」

眞琴說不出話來了。接著他努力想要轉身掉頭離開，然而君繪的意志力極爲強大。眞琴不僅無法取回掌控權，甚至無法把她推開。眞琴漸漸火冒三丈起來了。

「就是嘛。」他竭盡全力地嘲諷說。「妳是公主嘛，就算死了也學不到乖吧。公主不勞苦、不紡線，是野地的百合花嘛。反正妳一定不懂這段話是什麼意思吧？」

「我會查查看。」君繪的聲音難過地喃喃道。

向負責人遞出履歷表，等了約三十分鐘，被叫到名字。

「松木專務會親自進行個人面試。請從那邊的門進去。」

眞琴沒有緊張的道理，敲門的手卻發起抖。也許因爲他不知道君繪接下來想要做什麼。

「請進。」

門內傳出男中音回應。眞琴——現在是君繪——款款地走進房內。

寬闊到幾乎可以打撞球的大桌另一頭，一名年約四十後半的男子悠然坐在扶手辦公椅上，對著這裡微笑。整面玻璃窗外，可以將商業區的街景盡收眼底。

「讓妳久等了。相原眞琴小姐，對嗎？」

男子請他在桌子對面的椅子坐下，穩重開口。

「眞琴小姐——很美的名字。」

「常有人這麼稱讚。」君繪微笑。眞琴心想：哼！

「謝謝妳特地來參加面試。說是面試，但沒那麼嚴肅，請放輕鬆。來杯咖啡如何？」

「謝謝。」君繪也嫻淑應道。

面試還有咖啡喝喔？眞琴在體內心想。眞是優雅。

「眞好喝，這是您自己特調的嗎？」君繪豎起小指拿著咖啡杯，微微側頭，拂開輕落在肩頭上的髮絲。不愧是高級假髮。

喂喂喂——眞琴內心焦急起來。就算沒有出社會的經驗，這也太離譜了。現在是在祕書面試，可不是在高級夜總會陪酒啊！

「對，我對咖啡特別講究。」名叫松木某人的專務也笑吟吟答道。臉部膚色曬得極勻稱，幾乎到了惹人厭的地步，上面兩隻眼睛閃閃發亮。他以秤斤論兩、紮紮實實，所到之處幾乎留下痕跡的視線看遍了眞琴全身。

簡直就像身上掛了塊「我是花花公子」的牌子嘛。

眞琴湧出想要冒出表面，一巴掌摑倒對方的衝動。

「工作方面……」君繪開口。「有沒有特別要求的技術，像打字或英語會話能力？」

「那些其他員工會處理。」松木某人淫笑著。「讓妳工作，總覺得太對不起妳了。」

「咦？」君繪發出失望的聲音。「太可惜了，意思是我已經被刷下來了嗎？」

「不不不，不是這樣。」松木某人假惺惺地揮手否定。「可以別提工作了嗎？」

「可是，專務要聘用祕書吧？」

松木站起來，繞過桌子，走近眞琴。

「眞琴小姐，妳看過《蝴蝶夢》這部電影嗎？」

「沒有耶，這部電影怎麼了嗎？」

「這部電影有一句臺詞。男主角邀請年輕的女主角搬到他居住的城市。女主角說：『你需要一個祕書嗎？』結果男主角說：『我是在向妳求婚。』」

君繪計算好讓眞琴白皙的頸脖——正確地說，是以高領遮住喉結後剩餘部分的頸脖——顯得更具魅力的角度，別開下巴呵呵大笑：

「好復古的臺詞呀。」

「會嗎？」

「會呀。而且不適合這個場面。專務是已婚人士吧？」

「法律上的妻子，未必等同於心靈上的妻子。」

松木某人抓起了眞琴的手。

瞬間，眞琴噁心得全身哆嗦，差點跳出表面來。但君繪的意志以前所未有的強勢擋住了他。已經夠了！眞琴發出無聲吶喊，想要把她推開。

就在這時，君繪突然消失了。眞琴猛地浮上表面，用再次屬於自己的那張臉表現出驚訝與責怪，霍地站起身來：

「這個大豬哥，給我差不多一點！」

「別這麼激動，已經結束了。」松木某人以君繪的聲音靜靜回答。
「太謝謝你的幫忙了。這下我的願望就實現了。」
要整個愣住的眞琴坐回椅子後，現在已經進入松木身體的君繪靈魂開始說明：
「這個松木就是我的前男友。」
「這傢伙？」眞琴指著對方。君繪操縱松木點點頭。
「我一直想要回到他的身邊……你一定覺得我很傻吧？可是沒有他，我活不下去。我死不瞑目。所以才會在陽世遊蕩。」
松木某人走近窗邊，環住雙臂，就像要抱住自己的身體。那動作和君繪附在眞琴身上時一模一樣。眞琴有種目睹女友挽住其他男人手臂的錯覺。
「我會自殺，也是要讓他好看。所以就算肉體消滅了，我的心還是不可能獲得平靜。」
「那，妳從一開始就是爲了附到這個人身上——」
「沒錯。我一直在等待這個機會。他就是你剛才看到的那種人。只要出現符合他喜好的女人——我把你的臉化妝成符合他的喜好——而且表現出落花有意的態度，他就會毫不猶豫地一口咬上來。我知道只要抓住這場面試的機會，兩個人獨處，就一定能順利附到他身上。可是這有個問題——」

君繪背對窗戶，轉向眞琴，繼續說下去：

「我告訴過你吧？即使只剩下靈魂，我還是無法離開死去的地點，公寓的那一戶。要靠近他，就必須借用那個住處的某人身體離開，然後任何部位都行，觸碰這個人的身體。」

眞琴總算在腦中整理出頭緒，問道：「可是那樣的話，讓我維持我的樣子，設法摸到他不就行了嗎？」

「很可惜，那樣行不通。」君繪讓松木某人搖了搖頭。「這不是接力賽傳棒子，光是碰到是不夠的。除非他對我敞開心房，否則即使身體接觸，我也無法移到他身上。所以我才會附在你身上，提出各種任性的要求，花上這麼多工夫。住在那一戶的太太不行，是因爲她已經快四十了。而這個人不管再怎麼符合喜好，也只吃嫩草。」

「我還以爲，」眞琴喃喃道。「鬼魂都是自由自在、神出鬼沒的。」

「不一定都是這樣。可以現身讓人看到，一天裡面只有一次，凌晨兩點十四分開始的一分鐘而已。這段時間自古以來就被稱爲『時間隙縫』，是最讓人害怕、最常撞鬼的時段。」

「眞是不經一事，不長一智。」因爲也沒什麼好說的，眞琴這麼應道。

「眞的謝謝你。」君繪借用松木的身體深深行禮。「我不會忘了小琴的。」

「那，我們已經要道別了呢。」一股寂寞突然湧上心頭。

「是啊，你已經自由了。可是請你記住一件事。你已經不再是原本的你了。雖然只有短暫一段期間，但你曾是我的男友。」

「我嗎？」

「是啊。必須敞開心房才能附身，你也是一樣的。你會那麼順暢接納我，是因爲你心中理想的女性形象和我很接近吧。如果眞是這樣，那眞的是無比幸福。可是，也讓人無比難過。因爲我已經沒有自己的嘴唇可以親吻小琴了。」

眞琴的心中彷彿有什麼正在潸然落淚。

「再見。」送別眞琴的時候，君繪果決地說。「往後的事你不用擔心。我和他是破鍋配爛蓋。我們是只看女人表面的男人，和除了表面毫無價値的女人。我們兩個配在一起，才剛剛好是一個人。」

「妳不是那種女人。」

眞琴這句話被關上的門擋住，懸在了半空。

幾天後，眞琴收到了一筆錢，完全足以付清君繪大肆採購的帳單還綽綽有餘。還有一張照片。背面以顯然是男人的筆跡這麼寫著：

「這是我生前的照片。送給好心的小琴。」

姬野君繪長得非常美。白皙的皮膚、明亮的眼睛，梳整的髮絲光輝如鏡。

即使只有短暫一段期間，但這樣的美女曾經住在我的體內。一想到這裡，眞琴感覺到近乎悲傷的強烈懷念與寂寞。

這樣的美女，對我細語說謝謝我當她的男友。她觸摸我的頭髮、握住我的手，對我笑語，看著我的眼睛微笑。那時候觸摸眞琴的手，雖然是眞琴自己的手，但同時不折不扣就是君繪的手。

公主，妳要幸福。眞琴輕吻了一下那張照片。

我唯一的他

1

一抬起頭，雨滴便落在臉頰。

沿著黯淡的灰色大樓牆面，一面仰望，一面逐一計算窗戶數目。一、二、三……五樓左邊第三扇。那扇窗戶就是目的地。

低頭放下視線，在腳邊形成的不規則水灘裡，看見模糊地倒映其上的她的雨衣，以及搭配的雨傘鮮豔的紅。她換手拿傘柄，將傘從右肩移動到左肩，水灘上的影像也隨之移動。她呆呆注視著，忽地汽車輪胎滑進視野當中，輾過水灘，攪亂她紅色的倒影通過了。

她再次將視線拉回大樓，想起幾天前她才過那道門前，卻就此失去勇氣，掉頭折返。那天天氣很好，美好到讓人確信陽光會公平地遍照大地萬物，不管是蜷在路邊的貓背部，或是丟在廢棄大樓樓頂的水桶底。

所以她才會挫敗了。她從沒有人影的破敗共同大樓吱嘎作響的電梯走出來，在布滿漏水痕跡的牆壁圍繞下，確認著門牌號碼，明明沒有心虛之處，卻躡手躡腳，當成救命繩似緊抓著肩上的背包帶，往前走去——這讓她覺得這樣的自己實在傻到不行、不幸到無可救藥的地步，再也承受不住，所以打了退堂鼓。

可是，今天如她所願，是個雨天。烏沉沉的雨打在大地萬物身上，就彷彿齊打夥兒爲太陽守靈一般。

電梯今天也一樣，她一走進去，便發出淒厲的尖叫聲。抵達五樓，「5」的數字燈熄滅後，都吸氣吐氣完成一個呼吸了，門還是沒有打開。就彷佛在向她確定「要回去就趁現在喔。妳眞的要去？」，感覺就像建築物展開了雙手，阻擋著她的去路。

如果在這時候卻步，只怕再也沒有勇氣再度上門了……她想。推動著自己的軟弱馬達，沒辦法承受多少次這種強烈的緊張感。這是最後一次了。最後機會。若是在這裡折返，就再也沒辦法付諸行動，來解開如鯁在喉的疑問了。

跨出去吧！她鞭策自己。

學校畢業後，循著理所當然的軌道找到工作，在規定的時間上下班。她過著這樣的每一天，也沒有特別的變化。然而對於這樣的生活，她卻感覺不到能夠將其稱爲平凡，就此安心的穩定感。她總是處在不安之中，無法滿足，就好像漏掉了找錢一樣。

今天她會像這樣來到這裡，是因爲她覺得自力解決現在發生在她身上的事——自力尋找出口，可以結清每一天生活所累積起來的那些「找錢」。因爲她覺得只要在這裡結清一切，就可以擺脫籠罩著自己的模糊不穩定感。

爲了這個目的，必須鼓起勇氣來。她緊緊捏住顫抖的手，慢慢抬起拳頭，敲了503號室的門。

沒有回應。

這瞬間，無聲的時間感覺無限漫長。因爲過度寂靜，甚至可以聽見自己的呼吸聲，以及從雨衣衣襬落下的雨滴聲。

應個門吧！她想。不要應門！她想。矛盾的兩種想法，就像並行的兩輛車子。前一秒是右邊的車子超前保險桿的長度，下一秒是左邊的車子領先車燈的長度，試圖引起她的注意。

她用力閉緊眼睛，好凝聚全身的力量敲第二次門。就在這時，門內響起回應的男聲：

「請進。」

瞬間，她感覺希望「不要應門」的車子偏離馬路，撞個粉碎，在空中四散。然後「拜託應門」的車子在失去競爭對手的馬路上、再也沒有任何障礙的馬路上、同時再也無從制止的馬路上，順暢向前疾馳。

她開門了。

開展在她面前的，是遠遠超出預期的偌大空間。比起走廊，室內的天花板更高多了。或許這棟大樓的建築工法意外中規中矩。或許是歷史悠久的昂貴建築物。她想著這些。

「天花板上有什麼嗎？」

聽到問題，她驚覺回神。她發現自己一開門就仰望著天花板，耳根子都熱了起來。

空蕩蕩的室內幾乎正中央處，擺著一套簡陋的會客沙發組。桌上只擱著一只玻璃菸灰缸。沙發連靠枕都沒有。沙發組再過去，背對著直到不久前她還在仰望的窗戶，擺著同樣簡單的辦公桌椅。窗簾敞開，下個不停的雨比任何清潔業者都要耐性十足地沖洗著玻璃。

辦公桌旁站著一名男子。一手抓著厚重的檔案夾，另一手放在桌面上。或許是以那姿勢查閱某些資料。他戴著眼鏡。這是她第一次看到那副眼鏡。

「哪位？」

男子問，但她一時發不出聲，淨盯著那副銀框眼鏡看。她突然覺得好像碰到了完全陌生的人。好像認錯人了——不不不，不對。這是她第一次見到他，而且她本來就不認識他。他怎麼會戴著眼鏡呢？自己怎麼會這麼在意這件事呢？

「這裡是５０３。」

男子說，稍微轉動頭部，就像窺看敞開門前的她背後。應該以為她和別人一起來。

「小姐是不是走錯樓了？算命師拉瑪．席塔的工作室是在六樓喔。」

接著他舉手摘下眼鏡。登時，她感到認錯人的感覺消失了。

「我是一個人來的。」

明明也不是這種狀況必須第一件說明的事，脫口而出的卻是這樣一句話。

男子揚起眉毛。拿著眼鏡的左手輕輕晃了晃：

「所以呢？喔，抱歉，找算命師的時候，像妳這樣的年輕小姐多半都是結伴一起來的。一個人來當然沒問題。總之，拉瑪．席塔的工作室在樓上。」

男子說，目光回到檔案上。她默默站著。腦中充斥著無聊念頭，不知道該從何說起。

男子又倏地抬頭，這次明確地表示懷疑的聲音問：

「還有什麼事嗎？」

她的聲音終於找到了出口：

「我是來這裡辦事的。」

她舉起手來，伸向桌前的男子，補充道：

「找你有事。」

「找我？」

男子緩慢反問，就像聽到了必須非常專注聆聽才能聽懂的艱澀詞句。

「妳找我有事？」

「是的，沒錯。」

她點點頭，喉嚨震動了一下：

「我想委託你工作。你……你是偵探對吧？你會聆聽委託人的說法，接下調查工作，對吧？所以我才會過來。」

2

簡陋的會客區沙發坐起來比從外觀想像更要舒服許多。脫下濕掉的雨衣，伸長腿坐下，她感到如釋重負。

「好了。」

男子拿著像便箋本的東西，在她的斜對面坐了下來。她併攏雙膝，重新坐正。

對方似乎思忖了一下，用左手食指撫摸著鼻梁。

像這樣在近處一看，感覺他比她一開始預期還要年輕。四十二、三——不，雖然白髮有點醒目，但或許剛跨過四十。眼角和口邊有著深紋，但這些皺紋與他似乎十分匹配。二十歲的時候沒有的紋路現在有了，而且與這個人渾然天成，或許正證明了他這些年紀並非虛長。

西裝外套不太高級，也沒有打領帶。坐下的時候，他稍微抬手免得坐到外套衣襬時，她看到他淡藍色的襯衫胸袋隨手插了兩枝筆。

她聽說過，初會的人隔著同一張桌子對坐時，沒有坐到正對面，而是選擇稍微斜對角的人，骨子裡是個**靦腆小生**。一想到這裡，唇角忽然漾起了一點笑意。

「有什麼好笑的嗎？」

被男子嚴肅一問，她狼狽起來。她不想惹對方不愉快。

「對不起。」

她行了個禮賠罪。

「因爲總覺得放下心來了……要來到這裡，需要很大的勇氣。所以光是像這樣坐下來，就好像整個人虛了。」

微歪著頭斜看著她的對方，此時第一次稍微笑了開來。

「不過妳自己一個人上門，眞的很有勇氣。」

「因爲如果不這麼做，反而會更畏縮。」

「大部分都會先打個電話探探情況再來。」

她在不同的意義上內心一涼：

「呃……你不接這種突然上門的委託嗎？我這樣不合規定嗎？」

「不，這裡沒有什麼規定。」

「或是你有其他約好的客戶……」

「這裡看起來像是需要排隊的熱門事務所嗎？」

她觀察感覺需要重貼壁紙的牆壁，以及坑坑疤疤的地板。在她還沒有誠實說出感想前，對方開口了：

「唔，算了，總之談談妳要委託的事吧。從妳的大名開始。還是妳希望保密身分？」

她稍微睜圓了眼睛：「可以這樣嗎？」

「可以啊。」對方點點頭。

「可是保密的話，那個……費用什麼的怎麼辦？請款單沒辦法寄給匿名的人吧？」

「匿名的情況，會看委託人身上有多少錢來決定諮詢時間。回去的時候請對方用現金支付諮詢費。」

「就像律師那樣？」

「對。」

「就只有聽內容而已？」

「是啊。」

「可是你是偵探，不進行調查嗎？」

「大部分委託人的問題都不嚴重，只要找到對象傾吐，就能釋然了。」

她用力收起下巴說：「我不一樣。所以我不匿名。」

聽到這話，對方再次揚眉說：

「我得先說清楚，請不要叫我『偵探』，我只是個調查員而已。事務所的招牌上寫的也是調查員。」

她的聲音變小了：「可是，像這樣開業，見委託人——這不就是偵探做的事嗎？」

「小說裡是這樣，但我只是個普通的調查員。順帶一提，我的專業領域是保險相關，而且我本來是保險公司的員工。換句話說，和妳想像中的『偵探』相差了十萬八千里。我以前也是個普通上班族。」

她沉默不語，對方從胸袋取出筆，望著便箋本問：

「妳的大名是……？」

「永井梨惠子。梨子的梨，惠顧的惠。」

男子點點頭寫下來：「年齡呢？」

「下個月四日滿二十五歲。」

「妳是粉領族對嗎？」

梨惠子點點頭，說出公司名。

「短大畢業後就出來上班，今年是第五年了。」

聽到她上班的公司名稱，男子露出有點像在看半空中的眼神。

「是汽車經銷商對嗎？這附近有營業所對吧？」

梨惠子點了點頭。她有點驚訝，然後有些開心。

「直到三個月前還有。只是家小分店。因爲開了新的分店，合併到那邊去了，不過在那之前，我也是在那家營業所上班。」

接著她對冷淡點點頭，就要提出下一個問題的對方說：

「所以我知道你，也知道這間事務所。」

他抬頭看梨惠子，表情就像看到珍奇的動物。

「因爲上班會經過附近？」

「對。每天都會。這前面不是有家郵局嗎？去郵局也是我的工作之一。」

男子又以左手手指摩挲鼻梁。這似乎是他的習慣動作。

「只是這樣，居然就讓妳想要上門委託。」

「因爲我看到你撿小狗。」

食指停在鼻梁上，他瞪大了兩眼。梨惠子笑了：

「應該已經是半年前的事了，你撿了小狗對吧？已經忘了嗎？」

梨惠子記得很清楚。那是雨雪交加、冷氣滲入牙髓的寒冷傍晚。

那天下午，梨惠子出門寄郵件時，在郵局附近共同大樓旁的垃圾場，看到一隻小狗被丟在紙箱裡。去程和回程，她都停下腳步，摸了摸看起來還沒有斷奶的小狗乾燥的鼻頭。她牽掛不下，但上班時間，她實在無能爲力。

因此下班以後，回家路上，她刻意把傘打斜走過去，想要把小狗撿回家，結果看到他就在那裡。

「你穿著大衣對吧？米白色的。」梨惠子說明。「你蹲下身，一手撈著小狗，然後往大樓走來，打開門——查看了信箱，對吧？老實說，我完全沒想到住在這種大樓的人會撿小狗，所以跟著你過來，看了你查看的信箱。結果上面寫著『503　河野調查事務所』，更驚訝了，心想：啊，是偵探。」

那位「偵探」尷尬地交換疊起的長腿，說：

「就算好心撿小狗，也不一定會誠懇地面對委託人。」

梨惠子微笑：「是嗎？而且，沒關係的。反正我這麼認爲。」

「還有，不是Kouno，是Kawano。」

「咦？」

「我的姓氏。河野讀作Kawano。」

他從外套口袋掏出磨損的皮革名片夾，從中取出一張，放到桌上。

「河野調查事務所　河野修介」。

其餘只有這間事務所的住址和電話號碼。沒有頭銜等任何資料。

「對不起，失禮了。」

梨惠子拿起名片，再次輕輕行禮。

「我有個朋友姓氏是一樣的漢字，但是讀作Kouno，所以我以爲……」

「不用介意。」

「這間事務所只有你一個人？」

河野默默點頭。或許他不太希望被提及這方面的事。河野忽然起身走近辦公桌，拿起擺在角落的香菸盒，抽出一根點火。

「可是，眞有意思呢。」

梨惠子想要恢復原先的氛圍，刻意發出明朗的聲音說。

「如果我沒有來訪這裡，你永遠都是Kouno先生了。我會一輩子認定，你就是我只瞥見過幾次的偵探Kouno先生吧。」

總覺得有了意想不到的發現。

「但不是這樣呢。而是相反。自從得知你是『Kawano』先生以後，你就成了Kawano先生。喏，深山的森林深處有大樹倒下時，如果沒有任何人聽到那聲音，也就是沒有被人聽見，就等於樹倒下時的聲音不存在——不是有這種說法嗎？就像那樣。」

梨惠子拚命找話說，忽然覺得丟臉起來。因爲她覺得拿著菸默默看著她的河野視線裡、唇角處、略斜的肩膀上，浮現出類似「我沒空陪小孩子閒扯淡」的不耐煩。

梨惠子終於不知道還能說什麼了。她拚命動腦，再次感到周圍被沉默籠罩。一股和剛才在門前感受到的相同的、將奇妙的喧囂推進深遠之處的深邃沉默。

「——嗎？」

她漏聽了河野的話。她急忙搖頭，雙手輕抵在兩耳下方問：

「你說什麼？」

「我問，妳遇上了什麼困難？」

河野問著，回到會客區的沙發，原本就要坐下，突然有些驚訝地停住了動作。

「妳還好吧？」

他半彎著身子，看著梨惠子的臉。梨惠子不知道自己好不好。她覺得剛才的沉默鑽進了自己的內側。覺得聲音從體內消失不見了。心臟的跳動、血液流動的安靜沙沙聲，這些就像全都消失了一樣……

「妳的臉色好蒼白。會頭暈嗎？」

河野沉靜地問，梨惠子慢慢地搖頭：

「不，我沒事。」

「妳一直不舒服嗎？」

「有點……一點點。因爲我晚上睡不好。」

河野坐回原本的位置，問：

「這件事和妳要委託我的事似乎有關呢。」

這是個正中紅心的問題。梨惠子振作自己，筆直坐正，挺直背脊，說：

「我每天晚上都會作夢。夢裡總是出現同一個場所。我從來沒有去過那裡……是陌生的土地，卻讓我覺得有些懷念。然後，我覺得我無論如何都必須再去那裡一次。」

「每次作夢都會夢見？」

「對。」

梨惠子點點頭，上身前傾：

「求求你，不要叫我去看身心科醫生。我已經去過了。」

河野苦笑著揉掉香菸，「醫生說什麼？」

「說我想太多了。說不可能每天晚上都作夢，我只是做了兩、三次一樣的夢，卻誤認爲每天晚上都做一樣的夢，只是這樣罷了。」

河野停頓了一下，問：

「夢裡有人嗎？」

這個問題令人意外，梨惠子拚命思考：

「……應該沒有。我不記得有。」

「那是個怎樣的地方？」

「怎樣的地方……」

「市區？海邊？山上？大樓上？屋裡？在車上嗎？還是在天上飛？我是要問這個。」

梨惠子無意識之間把手按在心臟正上方，回想起夢中看到的光景。「……是在街道。」

「看得到房子嗎？」

「有。怎麼說，就像電影的背景。然後我……我……站在像十字路口的地方。」

「十字路口？」

「對。是馬路。我站在馬路上。」

「站在那裡？地面上嗎？」

「對，因爲沒有其他……」

梨惠子仔細想了想，搖了搖頭：

「不，不對。我不是站在地上。我從上方俯視著那個十字路口。四個轉角的其中一角，有一戶籬笆非常美麗的人家，可以看到院子裡開著許多鮮紅的杜鵑花……對面有一根有些傾斜的電線桿，上面有當鋪的招牌……我看得非常細微清楚，卻又一口氣看到大得驚人的範圍。就好像變成了鳥一樣。」
「夢裡常有的事呢。」
河野說，在胸前交抱起手臂。
「然後呢？妳希望我做什麼？就算要我阻止妳作夢，我也辦不到。那是醫生——或是妳自己才有辦法做到的事。」
梨惠子明確地說：
「我希望你幫我調查，我在夢中看到的那個地點是否眞實存在。」
河野目不轉睛地注視著梨惠子。梨惠子感覺到他的眼神中帶有一絲揶揄，但沒有退縮。
「我都夢見那麼多次了，那裡一定與我有某些關聯。我想知道那裡到底是哪裡。」
「妳願意爲了查出那個地點而花錢？」
「沒錯。」
「不覺得很荒唐嗎？」
「完全不會。」
「那個夢讓妳那麼厭惡嗎？」
「不是厭惡……只是覺得很奇妙。」
河野微微攤手：「說到奇妙，世上有許多奇妙的事。像連小學生都知道的各種神祕事物，百慕達三角洲、幽浮、鬼屋那些。奇妙的事十足奇妙，但即使不去理會，對人生也不會有任何影響。」

「和那些不一樣。這是我私人的問題。」

「妳剛才說妳睡不好呢。是因爲害怕作夢，所以夜裡睡不著嗎？」

「不是的，可是夢境非常逼眞，所以我覺得絕對有某些意義。」

「想太多了。」

「不是，絕對——」

「世上沒有絕對。」

「你沒有當眞，對吧？」

梨惠子突然發出連自己都嚇到的音量說，作勢起身。

「你根本就沒有好好聽吧？你覺得我是神經衰弱。你根本不肯瞭解。」

梨惠子怒上心頭，話脫口而出：

「沒有人瞭解。我每天晚上都夢到一樣的夢，每一次……每一次都焦急得不知道該如何是好。有什麼、絕對有什麼。每當我夢到那個十字路口，就有種被催著做非做不可的事、有什麼非常重要的約定的感覺。所以我明白。我本能明白。我知道夢裡的那個地方和我有某些密切關聯，一定是我以前、在我非常小的時候去過那裡，在那裡發生了某些事，雖然現在我忘了我去過那裡，但我必須想起這件事，再次去那裡做什麼，這個時間接近了。所以我希望你幫我查出那裡是哪裡。我無論如何都必須知道。」

一口氣說完後，就像全力衝刺完百米那樣，上氣不接下氣。膝蓋抖個不停。梨惠子覺得糗極了，想要停止發抖，卻是徒勞。

一段漫長時間，只聽得到雨水拍打在窗戶的聲音。梨惠子縮成一團坐下來，河野依然抱著手臂，下巴陷在領口間，沉思著什麼。

片刻後，他抬起下巴開口：

「妳圖畫得好嗎？」

梨惠子呆住：「什麼？」

「妳很會畫圖嗎？」

「畫得不是很好，但不討厭。」

河野鬆開交抱的手，將手邊的便箋拉過來。

「那剛好，請妳從今晚開始，把妳在夢中看到的情景素描下來。就想得起來的範圍內，盡可能詳盡畫出細節。不過，不確定的地方不用畫。不可以憑記憶修改。」

梨惠子點點頭，問：「畫下來要做什麼？」

「畢竟目前尚未開發出把夢境拍下來或攝影下來的技術。」

河野嘆息地說，輕笑：

「就算麻煩也只能徒手畫下。我這邊也得掌握妳夢中場所的整體樣貌，否則無從找起。」

梨惠子感到難以置信：「你願意接下這個案子嗎？」

河野在便箋上梨惠子的名字底下畫了條線，補上日期，說：

「是啊。不好嗎？」

「可是，眞的可以嗎？你願意認眞看待嗎？」

「明明剛才還那樣暴跳如雷，這話也太軟弱了吧。」

「因爲……」

「噯，總之先試試看再說吧。」

河野打圓場地笑說：

「如果就像妳說的，能找到這個夢的意義，那樣就好。即使什麼都沒找到，但可以讓妳心頭舒坦，那樣也好。不過，可別滿意了就捨不得付我調查費喔。」

「我不會做那種小人行徑的。我保證。」

梨惠子斬釘截鐵說，膝蓋向前挪去。

3

這天晚上梨惠子也作了夢。

一樣的夢。明亮的藍灰色天空底下，色澤肖似融化奶油的陽光傾注而下，是一如以往的十字路口。

周圍的景色實在過度鮮豔，讓人浮躁不安。梨惠子身在夢中，同時也從外界俯視夢境的存在。如同扶著玻璃邊緣探看金魚缸內的小孩子，扶著夢的切口、它的斷面，以掌心感受著它的存在，眺望著內部。讓人擔心如果用力推壓，夢會被自己的體重壓得撓彎，連帶使得十字路口的風景扭曲。

這種感覺就宛如成了上帝。或是變成了雲，或是陽光。

另一方面，夢中的梨惠子站在夢中的十字路口，環顧著周圍。朝四方延伸的馬路，完全看不到人影或車影。寂靜、悠閒、溫暖。用力伸懶腰，深呼吸，然後——

俯視腳下，她發現自己的腳非常小巧，穿著鞋頭有小花圖案的紅色運動鞋。

原來我是小孩子。

從外界窺看夢境的梨惠子如此理解。夢中年幼的梨惠子沒有爲新發現感到驚奇的樣子，雙手伸向天空，沐浴著陽光。

遠遠地，不知何處傳來車聲。這是她第一次在夢裡聽到聲音。這裡是馬路，十字路口，即使有車靠近也是合情合理。單調的引擎聲。沒錯，無從聽錯，確實就是車聲。車聲逐漸靠近梨惠子的耳朵。靠近……靠近……可是不同的另一種聲音……更響亮、更吵鬧——

是鬧鐘的聲音。梨惠子在這時醒來了。

她立刻爬起來，拿起放在枕邊的素描本，將剛才看到的光景大略畫下。比起十字路口的風景，俯視腳下，發現自己穿著紅色運動鞋時的驚奇更大，這天早上她畫了運動鞋。

她和河野說好先素描一星期的夢境。總之每天晚上如果作了夢就畫下來。一切都等這之後再說。

連續三天，梨惠子忠實遵守這個約定。這三天的夢總是一樣。十字路口、紅色運動鞋——啊，我變成小孩子了，這種溫暖的認知——然後是遠遠傳來的汽車引擎聲。只有這樣而已。沒有更多，也沒有更少。

她告訴自己，一直到約好的一星期後，都會是這種狀況。不管是用餐的時候、採買的時候、拍打晾曬被子的時候，就連漫不經心地看電視的時候，她都會忽然想起，對自己的心說：已經沒事了。梨惠子是一個人住，沒有父母會疑心她每天早上素描的習慣，也沒有會囉唆地問東問西的室友，輕鬆自在得很。

只要作夢，畫下來就好了。不要害怕，仔細觀察，好好畫下來就行了。這樣的心態，讓她睡前不再感到不安。所以不同於先前，雖然依舊繼續作夢，但睡眠本身很深沉，又恢復了安樂的狀態。連心情都輕鬆了。過了四、五天，她感到身體漸漸輕盈起來。早上剛起床對鏡自照時，也可以明確看出差異。眼睛不再充血，眼泡和臉頰的暗沉都消失了。食欲也回來了，她恢復了自己下廚，規律享用三餐的習慣。

她沒有把作夢的事告訴任何認識的人，但身邊每個人都知道最近梨惠子變得無精打采。所以這次她好轉的變化，也立刻被察覺。

「妳最近好像恢復精神了呢。」

上司這麼說，梨惠子報以笑容。

在這樣的好轉過程中，梨惠子想到，或許河野命令她素描夢境一個月，就是求這樣的效果。只要梨惠子自身確實面對夢境並抱持仔細觀察的心態，就能擺脫模糊的不安了——

第一個星期過去的午後，帶著七張素描前往河野的事務所時，梨惠子想著這件事。這天天氣搖身一變，風和日麗，明媚陽光直射入長長的走廊盡頭。雖然經常下雨，令人心煩，但已經來到可以稱爲初夏的季節。

儘管比約好的時間提早約二十分鐘，但梨惠子輕鬆地敲了敲門。上星期河野暗示的「門可羅雀的事務所」形象，讓梨惠子變得不客氣起來。

今天一樣沒有回應。但梨惠子逕自開了門。
「午安——」
聲音懸在半空。因爲房裡的兩人同時朝她投以凌厲視線。一人是河野，另一個是陌生人。年紀與河野相當，個子比他更矮，但體格結實。頭髮理成幾乎大平頭，規規矩矩穿著西裝。
「有客人。」大平頭男子說。聲音渾沉。他雙手插在褲袋裡，以有些歪斜的姿勢站在面對辦公桌的河野旁邊。
梨惠子悟出，在轉瞬之間，兩名男子交換了視線，以她不懂的無聲語言商量妥當。他們把她打開這道門前正在談的事摺起來收好，並且上了鎖。然後他們在評估：**她聽到了多少？**
梨惠子感到袖子底下的手臂倏地爬滿了雞皮疙瘩。
「對不起。不好意思。」
她後退道歉，從門旁退開。
「我再找時間來。」
她急忙想要退出，卻因爲一時慌張，兩條腿打結。剛才的大平頭男子搶先大聲呼喊著穿過房間走近：
「沒關係，不要走，請進吧。你們約好了吧？」
不只聲量大，口氣十分強勢。就像個粗暴的體育老師。梨惠子忍不住縮起身體。

「幹麼嚇得像隻烏龜啦？」
大平頭笑著說。他把門整個打開，回頭看河野：
「我要撤退了。我眞的不行，會嚇到年輕小姐。」
梨惠子戰戰兢兢抬頭一看，只見河野單肘靠在桌面，一起笑著。
「是這髮型不好吶。」
西裝男子伸手摸了大平頭一把說。
「下回過來之前，先去弄頂假髮嗎？那麼小姐，請慢坐。」
男子雙手拍了拍梨惠子肩膀，一下便揚長而去。穿過走廊離開的他，肩膀搖來晃去的。
「請進吧。」
聽到河野的聲音，梨惠子重新抱好素描本，踏進室內。河野的聲音沉穩，但仍舊無法抹去梨惠子的不安。她不必要地慢吞吞把門確實關好，悄悄回頭。
偵探用和剛才一樣的姿勢，手肘靠在桌面，現在用掌托著下巴。臉上的表情不上不下，好像只有一半的臉在笑。
「我沒有偷聽。」
梨惠子完全無法思考，如此辯白。
「眞的。我滿腦子都在想自己的事，沒發現裡面有人在說話。我在開門前，都沒注意到裡面還有別人。我什麼都沒聽到。是眞的。我可以發誓，我眞的什麼都沒聽到。」

說完後，梨惠子覺得還說不夠，但她已經找不到話，只能默默觀察河野的表情。

河野只轉動眼睛瞄了手一下。也不是有什麼必要這麼做，似乎只是想要藉此塡補空白。

「剛才那個人是轄區刑警。」

河野說，梨惠子的膝蓋整個虛脫了。

「……刑警？」

「對。因爲是專門對付黑道的部門，所以外表走那種風格。」

「可是他……」

「雖然外表看起來可怕，但本質是個耿直的公務員。我們也不是在這裡談什麼不可告人的祕密。就算被妳聽到什麼，也完全不會怎麼樣。只是妳來得比約好的時間還要早，我嚇了一跳而已。妳沒必要嚇到臉色發白。」

哦，是這樣啊——梨惠子聽見自己說著類似這種內容的模糊聲音。臉頰燙了起來。

「我有那麼害怕嗎？」

「整個人嚇壞了。」

河野清了一下喉嚨，請她在椅子坐下。

「別杵在那裡，請坐吧。妳把素描帶來了吧？」

這一個星期間，在夢裡的新發現，就只有自己恢復兒時樣貌，穿著紅色運動鞋而已——梨惠子拿出素描說明，河野靜靜聆聽。梨惠子說完後，河野從外套內袋掏出香菸點燃。

「那麼，妳感覺怎麼樣？」

河野盯著素描吐出煙，如此問道。

「還是很不安嗎？一樣睡不好？」

梨惠子微微拱肩，說「已經不會睡不好了」。然後她問河野建議她把夢境畫下來，是不是為了這個目的。

「一定是的吧？因為太有效了。」

聽到梨惠子的話，河野有些靦腆地揚起唇角，面露笑容：

「我不是專家醫師，那個建議也不是一定預測到會有多少成效。」

「可是，果然是有這個目的吧？」

「如果懷著想要夢到的心思入睡，反而會夢不到，對吧？像妳那樣一直排斥夢到、害怕夢到該怎麼辦，反而會被糾纏得更緊。所以囉。」

「大獲成功。」梨惠子微笑。「繼續這樣下去，或許過一陣子就不會再夢到了。」

「若是那樣，調查自然就結束了。這樣就行了吧？或是即使消除不安，妳還是會好奇那個十字路口？非要查出地點才甘心嗎？」

夾在河野指尖的香菸裊裊升起青煙。梨惠子注視著那煙，尋思片刻。

「不知道……我不確定。」

好不容易擠出這個回答，她感到有點過意不去。

「這樣說很含糊，可是我想要等到眞的不會再夢到以後再來想。這樣不行嗎？」

「當然沒關係。不過這很花時間。妳每天的生活也很忙碌吧？應該有許多活動。我是認爲在某個階段果斷告一段落，把它忘懷，對妳或許比較好。」

「沒關係。」梨惠子搖頭。「反正我很閒。」

「可是一個年輕小姐……」

「就算年輕，很閒的人就是很閒。」

也許是梨惠子一本正經的語氣很好笑，河野調侃地說「這樣啊」。

「總之，素描再持續一個星期如何？即使幸運地在這段期間不再夢到了，接下來一個星期，每天晚上也當一定會夢到，準備好素描簿再就寢。這就是這次的處方箋。」

「我會試試。」

梨惠子點點頭。說到這裡，該說的都已經說完。

爲什麼呢？只說了這些就要離開這間事務所，讓梨惠子依依不捨極了。她還想再多聊一會兒。

這或許是出於純粹的好奇心。剛才她不小心誤會，被河野嘲笑，但河野身後有著什麼樣的世界、他工作生活的世界，對梨惠子來說完全無緣未知。

不光是這樣而已。仔細想想，現在的梨惠子，即使是在她所屬，有上司、客戶和員工的「公司」這個範圍裡外，都完全沒有可以和河野這種年紀男性深談的機會。

剛才他說梨惠子「因爲年輕所以很忙」，是指年輕女孩在生活當中有許多好玩、刺激的事物吧。然而實際上，梨惠子過著年輕女孩的生活，卻找不到任何刺激，也從未經驗過打從心底歡欣雀躍的事，這話聽在她的耳裡，極爲殘酷。她覺得被冷冰冰地推開了。

「什麼？」

不知不覺間，河野交抱起手臂，探頭看她的臉問。

「我說了什麼嗎？」

她似乎在無意識中喃喃自語起來了。

「我自己完全沒發現。是想得太認眞，不小心說出口了嗎？」

「妳是不是一直睡眠不足？看妳還會夢囈，應該還是沒有睡好吧。」

「最近已經睡得好多了……」

梨惠子搖搖頭微笑：

「剛才的先生是刑警，對吧？警察會進出這裡，表示河野先生也會和警方合作嗎？」

「這個嘛……」河野裝傻。這種時候，他顯得非常年輕——和梨惠子差不多年紀。

「是職業機密嗎？」

「妳這樣的年輕小姐，沒必要知道我們業界的事。」

「這樣嗎？」

「對。因爲我和外國電影裡面登場的那種偵探不一樣。而且我也沒有什麼執照。」

梨惠子忽然想到說：「執照嗎？可是，還是需要一些資格吧？外行人應該做不來……難道河野先生以前當過警察？」

河野的肩膀顫了一下，就好像被人從他坐的椅子底下用針扎了一下。咦，被我猜中了——梨惠子想。

「我說中了嗎？」

梨惠子追問，河野面無表情說：

「不是。妳忘記了嗎？我一開始就說過了吧？我本來是保險公司的員工。」

對了——他換了副口氣說。

「我會知道妳上班的地方，也是這個關係。大概一年前，我接過你們公司委託。不過只是爲期三個月的案子。」

梨惠子想了一下，搖了搖頭：「我不知道。」

河野苦笑：「應該也是有妳不知道的事吧。妳又不是老闆。總之，我只是個上班族出身，只接和平案子的穩健派調查員。」

「眞的嗎？用說的很簡單，什麼樣的過去都可以編造出來。」

梨惠子直盯著河野。結果他雙手拍了一下大腿，站了起來：

「我來泡個咖啡好了。」

梨惠子好笑起來。同時覺得他扯開話題別有深意。梨惠子沒那麼遲鈍，但也沒那麼厚臉皮。正當她想道歉的時候，辦公桌上的電話響了。正要走向房間角落小到眞的只能用來泡咖啡的茶水間，河野停下腳步。

「請接電話吧。」

梨惠子站起來說。

「你不嫌棄的話，咖啡我來——」

梨惠子覺得她說出了「我來泡」，但她永遠無法知道自己到底有沒有全部說完。因爲那種無聲、那種沉默滲透體內的感覺，在此時如滔天巨浪般席捲上來。

浪濤前所未見地巨大。深邃的沉默遮蔽了遠方和底下隱約可聞的嘈雜人聲。宛如隔著厚重的塑膠牆壁，被許許多多的人包圍，聆聽那些人指著自己議論紛紛。

梨惠子感覺自己現在站立的房間地板突然失去實體，消失無蹤。在辦公桌上響個不停的電話鈴聲聽起來就像穿過水底而來。每一道聲音都通過彎曲的空間，花上比正常且理所當然世界更長的時間，才總算傳入耳中——是這樣的感覺。空氣變得濃稠，重力增加，呼吸困難。發不出聲。站起來的瞬間，房間地板和天花板當場翻轉，整個人像被拋進分不出上下左右的空間裡。

我要死掉了嗎？梨惠子心想，緊接著陷入一片漆黑。

4

首先恢復的是觸覺。

肩膀被人搖晃——她這麼感覺到。雖然聽不到聲音，但知道身邊有人。

即使處在閉上眼睛的黑暗當中，隨著意識逐漸清明，也慢慢分辨得出上下的感覺了。我現在仰躺著。背部有點痛。鞋子被脫下來，腳稍微抬高地躺著——

記憶也恢復了。我是在哪裡……我在做什麼……

又有人摸她的肩膀了。梨惠子睜開眼睛。

探頭看著她的，不是她期待會在那裡的臉。是個半禿老人上尖下寬的臉。

「妳醒了。」老人說。

老人穿著連衣領都整齊熨過的白袍，脖子掛著聽診器。是傳統到甚至讓人懷疑是不是在演戲的醫師外貌。

梨惠子眨了眨眼睛，轉動脖子。結果河野的臉就在白袍老人近旁。眉頭緊鎖著。

梨惠子還沒有開口，他便看向白袍老人。老人對河野使個眼色，接著俯視梨惠子問：

「看得到我的臉嗎？」

梨惠子點點頭。

「妳昏倒了。妳還記得嗎？」

梨惠子再次點點頭。接著打開乾燥得像黏在一起的嘴巴，總算擠出聲音：

「醫生嗎？」

她不是對白袍老人，而是對著河野問。河野收起下巴點點頭：

「隔壁大樓的醫生。」

梨惠子轉動頭部，仰望醫師：

「我可以起來嗎？」

會不會暈？想不想吐？醫師提出幾個問題，梨惠子都回答「不會」，醫師便扶她坐起。

她躺在會客區沙發。就像救護貧血的人，腳被抬高，毛都磨平了的毯子蓋到胸口。

醫師拉了把椅子過來坐，但河野坐在桌邊。梨惠子坐起來後，他也站起來：
「覺得怎麼樣？」
「好像……有點聽不清楚。」
這種情形是第一次嗎？有沒有其他不舒服的地方？有沒有被診斷出貧血過？——白袍醫師一臉嚴肅地提出各種問題。梨惠子說四月的定期健檢中，她的報告沒有任何異常，醫師聞言誇張地板起了臉說：
「團體健檢不可靠啦。妳小的時候有沒有跌倒撞到頭過？」
「不，沒有。」
「這可不一定喔。自己的記憶靠不住，妳可以回家問問妳爸媽。妳這麼年輕，又沒有貧血，卻這麼突然整個人昏迷過去，絕對不尋常。我不是嚇妳，妳最好到大醫院檢查一下。照個電腦斷層。萬一大腦有異常，問題可就大了。」
送醫師到門口後，河野返回沙發旁邊。
「抱歉給你添麻煩了。」
奇妙的是，明明先前陷入那麼古怪、彷彿現實的底部整個脫落般的感覺，而且還真的昏倒，現在卻整個人神清氣爽。聲音也很穩定。
「把你嚇了一跳吧？我是砰一聲整個人倒下嗎？」

「不是。怎麼說，就像旋轉的陀螺愈轉愈慢，漸漸傾斜倒下那樣。」

河野再次坐到桌邊應道。他的臉色看起來比自己要憔悴多了。

他的西裝外套胸袋飄飄搖搖，幾乎掉了一半，想到這意味著什麼，以及應該倒在連地毯都沒鋪的地上，自己怎麼全身沒有撞傷，腦袋也沒有腫包，梨惠子歉疚不已。

我即將倒下的時候，一定是河野先生抱住了我。當時我的手抓住他的外套口袋，把它扯了下來吧。

這樣的想像也直接觸動了她的心，就彷彿直接被手觸摸一般。

「這種情形眞的是第一次？」

河野問道，梨惠子點點頭。

「從小就不曾這樣？連一次都沒有？」

「我是個健康的小孩。雖然大概五歲的時候，得過一次輕度腦炎，差點死掉，但生病害父母擔心就只有那一次而已。」

「五歲啊……」

河野手抵著下巴低頭，好半晌就這樣靜止不動。

「不停夢到奇妙的夢境，和妳突然昏迷，是不是有什麼因果關係？」河野問。

「怎麼會？」

「因為兩邊都是——」河野舉起手來，指著自己的太陽穴。「發生在妳的這裡。」

「是嗎？」

「不過外行人妄下論斷很危險。總之妳先去醫院檢查一次吧。」

河野突然換上長者的命令口吻。

「妳最好再躺個三十分鐘。妳休息的時候我會叫計程車，送妳回家。」

「河野先生。」梨惠子開口。

「什麼？」

「可以給我紙和鉛筆嗎？」

梨惠子輕輕動了動毯子上的手。沒問題，手指運作自如，也沒有麻痺的感覺。

「我剛才睡著的時候也作了夢。我想畫下來。」

她說的是真的。昏迷期間，她又夢見那個十字路口。這次還多了新元素。

「有車子。」

「車子？」

「對，我不是一直在夢裡聽到車子的引擎聲嗎？結果這次看到車子了。是顏色有些特別的自用轎車。是掀背車。天藍色的，只有車體旁邊有木紋。」

「是木紋飾條嗎？」

「是這樣說的嗎？我也不是很清楚。」

「眞的是天藍色的？」

「嗯。這很奇怪嗎？」

河野眨了眨眼。目光並未看著這裡。「不，沒什麼奇怪的。」

梨惠子用鉛筆在便箋本背面畫圖的時候，他出門到附近文具行買了色鉛筆回來。

「妳上色看看。」

梨惠子依言拿起「水藍色」的鉛筆，塗抹車體。夢境逐漸重現在紙上。因爲記得太清楚了，連她自己都感到驚奇。

「車牌號碼我不記得，不過開車的是個男人。車上好像還有一兩個人……」

「是右駕車嗎？」

「唔……是呢。沒錯，是右駕車。」

那個夢果然隱藏著某些意義嗎？梨惠子畫著，不停思考這件事。不過已經沒有剛開始作夢那時候令人窒息的不安了。

梨惠子認爲，因爲現在她不是一個人。有人支持著她。事實上在畫圖的時候，河野就在她的手肘旁邊，在只要有任何一點動靜就會察覺的位置，這件事讓她莫名心安。

畫完之後把畫交給河野，梨惠子放下雙手，安靜等待。河野拿著那張畫良久，一動不動，頭也不抬，就彷彿連梨惠子在身邊都忘記了。
河野盯著那張畫，期間好幾次瞇起眼睛，就彷彿在對照他本身的記憶一般……
梨惠子懷著這樣的感受注視著河野側臉，張大了眼睛。
眼皮張開的時候，明明沒有聲音，這細微的動作也沒有擾動空氣，但河野似乎也發現她張大眼睛一事，轉了過來。
「我接下來要說的事，請不要笑喔。」
梨惠子連自己都難以置信地說了起來。
「河野先生是不是認得這部車子？你從來沒有這麼認眞地看我的畫。還要我上色……你會這麼在意，是不是因爲你對這輛車子心裡有數？」
河野隔了足以讓梨惠子深切後悔提出這個問題的空白，卻又不給她轉念自嘲，笑說「不可能有這麼離譜的事」的餘裕，慢慢點了點頭。
「老實說，我認得這部車。」
梨惠子抱住雙肘：
「在哪裡看到的？」
河野在回答前，扭曲著嘴唇，考慮了老半天。就彷彿突然牙痛起來似的。
「你在哪裡看到的？」

梨惠子鼓勵地再問一次，他總算說了：

「不，或許是我搞錯了。忘了我的話吧。」

河野說完，迅速起身，離開了梨惠子身邊。

雖然只有一點點，但看起來像是逃之夭夭了。

5

醫院生意火紅，很難預約精密檢查。梨惠子費了好一番工夫交涉，請住處附近的綜合醫院安排半天行程的健康檢查，但還是得等上十天才行。

「我等不了那麼久啊！」

梨惠子噘起嘴唇埋怨。再說，這是看醫生也無法解決的問題。

「也不能這樣。總之好好去檢查一次吧。」

河野這麼說，所以儘管情非所願，梨惠子還是沒有取消預約，繼續等待。如果只有她一個人，一定早就取消預約，絕不靠近醫院半徑一公里以內。

這十日之間，夢境夜夜造訪。然後又出現了其他元素。

這次看到了自行車。

自行車第一次出現，是水藍色的轎車出現四天後。輻條漆成白色，座墊的黑皮邊緣破裂掀起。是大人用的自行車，車體看上去很牢固。但在梨惠子的夢中，那輛自行車停著，橫躺在路上。

沒有人影。自行車旁邊沒有人。然後那輛自行車倒地的位置，是一開始出現在夢中那個令人好奇的十字路口及構成路口的兩條路的哪個位置，以及開來的天藍色轎車是從哪條路開進十字路口的，都不清不楚。在夢裡，不管是相關位置還是時序都模糊難解。看起來像是同時存在同一處，也像在不同時間，存在不同地點。

梨惠子每晚持續素描。然後在雙方時間允許內，幾乎每天拜訪河野的事務所，把畫好的素描拿給他看。

然後，梨惠子的畫中出現自行車時，河野的臉上出現無從掩飾的驚愕表情。一如往常坐在他對面的梨惠子，這時忍不住用力探出上半身，兩人的頭幾乎要碰在一起。

「你還好嗎？」

即使梨惠子出聲，河野一開始也沒有回應。他一瞥見畫裡的自行車，嘴唇就僵掉了。

「河野先生！」

梨惠子大喊，準備如果還是沒反應，就抓住他的手搖晃。這時河野的眼睛總算恢復清明，慢慢抬起頭來。應該是因爲梨惠子的眼睛近得意外吧，他挺直身體，靠向椅背，接著謹愼地窺看梨惠子的眼睛，就彷彿在觀察某種一吹氣就會四散的細微之物。
「妳眞的看到這輛自行車了？」
梨惠子害怕點頭。她好想說「我騙你的」。
「你認得嗎？」
語尾微微顫抖。梨惠子感到喉嚨開始縮緊。怎麼會？爲什麼我夢見的東西會存在你的記憶當中？
「對。」河野低聲回答。他指著自行車的貨架，說：
「不過這個地方，妳夢見的自行車，這裡有沒有綁著白色的箱子？」
「不知道……或許看到了，但我不記得。」
這有什麼意義嗎？——梨惠子問，河野答道：
「一般都有個白色箱子，用來放各種文件。」
「文件……」
「用妳也知道的東西來說，我想想……」河野尋思了一下，說：「妳看過治安聯絡單嗎？現在搬進公寓的時候，警察都會拿那張單子請住戶塡寫吧？」
「塡寫住址、上班地點的文件嗎？交給派出所的？」
說到一半，梨惠子領悟：

「這輛自行車……」

「對，是基層員警騎的巡邏用自行車。」

這種東西怎麼會出現在我的夢裡？梨惠子正想提出這個問題，河野先發制人問：

「妳是哪裡人？」

「問這個做什麼？」

他淡淡地笑：「我沒問過妳吧？如果太遠就沒辦法了，但如果很近的話，妳請假返鄉一趟怎麼樣？」

「這樣啊……」

梨惠子重新坐好，拉開一點距離看著河野。是這陣子頻繁且親近地看見的臉，同時也是還隱藏著許多她不知道部分的臉。

所以她不知道實際上究竟如何。只是猜想而已。但空氣中河野的呼氣裡，讓梨惠子感覺到他看似輕描淡寫的問題深處，隱藏著梨惠子怎麼樣也猜不透的深刻意義。

「我父親在銀行上班，我們家眞的動不動就搬家，沒在任何一地長居到可以稱爲故鄉。」

這是事實，但河野停頓了一段時間，就像在反芻梨惠子這話。接著他刻意壓抑音調，以平坦的聲音問：

「妳住過叫片橋市的地方嗎？是在埼玉縣。」

有。梨惠子點點頭。

「不過是我上小學以前的事了。我們家好像在那裡住了兩年。我不是說過？我小時候得過腦炎，差點送命。就是住在片橋發生的事。」

「片橋的哪一帶？」

梨惠子說明依稀記得的住址，以及當時居住的市街模樣，河野似乎知道是哪裡了。

「你也住過片橋嗎？」即使梨惠子問，河野也不答。也許他根本沒聽見問題。

「你怎麼了？」

顯然很不對勁。河野的肩膀整個緊繃，就好像被梨惠子看不見的重物壓住。

他沉默了許久。目光在半空中飄移，看起來就像在計算事務所牆上的漏水污漬數目，也像只是睏到恍神。

半天後，他總算以勉強可辨的低聲說：

「明天開始，我得出門旅行一兩天。」

梨惠子同時想到許多事：是爲了這件事出遠門嗎？那我也可以跟去嗎？要去哪裡？你現在在想什麼？

結果說出口的就只有這句話：

「如果你不在的時候，我又遇到那奇怪的發作，該怎麼辦？」

耳朵聽不見，失去五感，就彷彿被透明樹脂的厚重沉默所封閉。那種可怕的現象間隔逐漸縮短，頻繁攻擊梨惠子。梨惠子非常害怕，連公司都請假休息。

河野望著梨惠子的臉：

「乖乖待在公寓裡。」

他以極低沉、細語般的聲音說。

「或許聽起來冷漠，但現在只能這麼做。因爲就算有人陪著妳，發作時也無能爲力。」

「你覺得能治好嗎？」

「可以的。」

「你會幫我找到原因嗎？」

河野重重嘆一口氣。「應該可以。」他說，輕笑了一下。

河野離開事務所三天。

他原本好像還有其他工作預定，但全部臨時取消，強硬變更行程出門。

兩天半的時間，梨惠子都聽從河野的交待，關在公寓裡。期間遇上了兩次那種「空白」的發作，不過時間都很短。每次發生時，一察覺到要發作，梨惠子便當場蹲下來，如果能夠就躺下來，免得摔倒。

「空白」發作時，她會聽不見周圍聲音。但這回兩次發作，她都聽到奇妙的聲音。是爆炸般的轟隆聲響。她不明所以，但也猜想得到，那是在日常生活中絕對不會聽到的聲響。

這讓她害怕。

第三天的下午，她再也無法忍受，前往河野的事務所。但門鎖著，梨惠子不知道鑰匙放在哪裡。河野似乎自有想法，刻意沒有告訴她。

幸而已經不是待在戶外會感到寒冷的季節。梨惠子在地上攤開裙子，坐在503號室前的大樓走廊，抱起膝蓋。

整個下午她都這樣坐在那裡，卻沒有半個人經過。她聽見電梯運轉聲，因此也許沒有住戶或即使有也沒有人進出的，就只有五樓這裡。

怎麼不挑人潮多一點的地點開業呢？梨惠子把頭擱在膝頭，邊想邊昏沉地打盹。

雖然沒有明確問過，但河野幾歲呢？應該沒有大到梨惠子二十歲那麼多，但感覺差不多在那個年紀。

在自己開調查事務所前，他到底從事什麼行業呢？果然是警察嗎？如果是的話，爲什麼辭掉警職呢？他看起來像單身，是否有過家庭？有沒有小孩？早上起床後，第一件事會做什麼呢？他撿回去的小狗是養在家裡嗎？有沒有其他人會疼那隻狗？

這天晚上梨惠子在走廊上睡著，被回來的河野搖醒。坐那麼久，整個身體變得冷冰冰。

「現在幾點？」

「十點多了。」

梨惠子揉著眼睛抬頭一看，大平頭刑警站在河野旁邊俯視著她。眼神凶惡，額頭擠出皺紋。只有那部分看起來厚得不像人的皮膚，實在好笑。

「年輕小姐居然睡在這種地方，教人不敢領教。」

被刑警渾厚的聲音責備，梨惠子微微縮起脖子。她扶著牆壁起身，兩腳有些搖晃不穩。

「我送她回去。」刑警對河野說。接著他俯視梨惠子問：

「妳家在哪裡？」

口氣就像在問被輔導的女國中生。

「表情請不要那麼可怕。」

梨惠子說，仰望河野：

「果然又發作了。我很害怕。我開始聽到奇怪的聲音，不知道該怎麼辦才好，結果只能過來這裡……」

河野直盯著梨惠子。梨惠子發現他的頭髮亂了，伸手替他撫平。

河野神態疲憊地嘆一口氣，開門讓梨惠子進去。

「總之進去吧。跟我說是什麼情況。」

大平頭刑警也默默跟了上來。梨惠子覺得意外，睜大眼睛，抗議地瞪著刑警。

大平頭刑警說：「我也有事要跟他討論，插隊的可是妳喔，小姐。」

梨惠子無言以對，回頭看河野。無意識之間，她像個孩子似地雙手緊握著裙褶。

很快地，大平頭刑警的口中吐出重重嘆息。

「好啦，我去喝咖啡啦。」他留下這話離開了。

「抱歉。」河野說，重新轉向梨惠子：「好了，出了什麼事？」

近一個小時後，刑警回來時，梨惠子已經說完了。說出除了發作，還聽到新的爆炸聲一事，她心情輕鬆多了。

梨惠子一面起身，一面假惺惺地對著不知去哪裡吃飯回來、口中叼著牙籤的刑警恭敬行禮說：

「刑警先生，讓您久等了。」

刑警似乎有些錯愕。他發出響遍安靜事務所的巨大清嗓聲說：「哪裡哪裡。」

梨惠子挺身站好後望向河野的臉。他的嘴唇浮現安撫的笑。這安慰了梨惠子。

6

精密檢查如同預定結束了，但必須再等上兩星期才能知道結果。不過梨惠子本身也不認爲那空白的發作是出於病理原因。從一開始，她的直覺就知道「不是」。因此她也沒有過於不耐煩。

反而是河野看起來更擔心檢查結果。尤其是梨惠子報告說健檢的醫生也和她第一次昏倒時診療她的醫生一樣，問她小時候有沒有強烈撞擊頭部的經驗，河野顯得非常在意。

「沒有發生過那種事嗎？」他再三確定。每次梨惠子都搖頭：

「至少我自己沒有記憶。」

「那，去問一下妳爸媽吧。或許妳的家人記得。」

「沒這個必要。我沒那麼健忘，連自己受過什麼傷都不記得。」

梨惠子是眞的這麼想才這麼說，但河野卻露出有些吃不消的樣子，嘆了口氣。

河野臉對著窗戶，人靠在椅背上。不是在看窗外，也不是在看附近的東西。他雙腿交疊，時不時活動放在腿上的右手指。這應該是他想事情時無意識的動作，但看在梨惠子眼中，忽然覺得就像是河野正走在只有他看得見的路上的證明。他跨步往前走掉了。

「我打個電話好了。」

梨惠子輕聲地說，就好像把話放在托盤上輕遞出去。

「我問問看。」

但河野依然好半晌沒有回話。一段時間後，河野就彷彿完全沒聽見梨惠子這話，提出完全無關的問題：

「妳那個夢……」

「是。」

「最早是什麼時候開始夢見的？」

梨惠子好笑起來。這不是說過好幾次了嗎？

「我第一次來這裡的那陣子。不過，那時候已經開始作夢大概半個月左右了。因爲我無法立刻下定決心過來。」

「這我知道。」河野點點頭。「在這之前，更早以前，妳記不記得作過一樣的夢？」

梨惠子從來沒有想過這個問題。她呆掉了。

河野笑了一下：「不記得了？還是妳作過什麼夢，全都記得？」

「也不是這樣……」

「或許妳夢見過，並且告訴過別人，打電話回家的時候，也順便問問看吧。」

「他們會記得嗎？別人說的夢，一般會記得嗎？河野先生記得嗎？」

「但妳的父母不是別人啊。只要是小孩子的事，不管再怎麼無聊的瑣事，父母都會好好記住的。」

被河野嚴肅地這麼說，梨惠子乖乖點頭同意。她很想詢問這段話是否基於他自己的親身體驗證明，但還是打消念頭。如果老是像個不講道理的小孩般頂撞，未免太難看了。

而且，聽起來就像在嫉妒。不，實際上梨惠子就是在嫉妒，但私下嫉妒與被人知道在嫉妒，是完全不同層次的事——

我在嫉妒？

梨惠子急忙拉回自己的思考，抓出這兩個字。嫉妒。吃醋。

對誰？雖然不知道是誰，總之是偵探身邊的人。像是家人，或是女友。

我對他的私生活一無所知。因爲我只是委託人，沒有知道的權利——一般的話。

可是眞的是這樣嗎？我眞的沒有任何權利嗎？

現在的我只有他、只有他一個人可以如此全心依靠，他稍微爲我的心情設想一下也好吧？

再說，不光是這樣。梨惠子覺得自己對河野來說是特別的。雖然不知道爲什麼，但她如此確信。因爲如果不是這樣，梨惠子的夢境，怎麼會與他的過去同步？

一直以來，梨惠子都以兩星期一次的頻率打電話回家，但不會聊太久。再說，母親這種生物非常敏感，因此梨惠子費了好大一番心血，才隱瞞住古怪的「發作」一事，並詢問自己小時候的狀況。

不過她還是問出來了。梨惠子的記憶很正確，她小時候從來沒有受過頭部創傷。母親的話也證實這一點。

「那我小時候會不會作夢說夢話，或哭著說作了惡夢？」

「妳不是那麼神經質的小孩啦。」母親笑道。「不過妳不是得過一次腦炎嗎？那一次眞的很恐怖，爸跟媽都擔心妳會就這樣瘋掉。因爲妳一直不停夢囈。」

母親說，梨惠子連續三、四天發著四十度的高燒，醫師還叫父母要有心理準備。

「這麼說來，妳得腦炎那時候，差不多就是這個季節呢。」

「是喔？」

「是五月底的時候。想到平常的話，這應該是一年當中最宜人的季節，然而這孩子就快死了，我就覺得妳可憐得不得了。」

眞的很現實，在鬼門關徘徊的小孩本人成長後，就把細節忘得一乾二淨了。

「那，我那時候都夢囈些什麼？」

母親想了一下，發出「唔……」的低吟聲。

「應該不是事後可以明確說清楚的內容吧？」

「是啊……」

這也難怪。當時她才五歲，又發著高燒。

「不過呢，妳說有一群可怕的男人。妳痊癒後，說那時候妳作了非常可怕的夢。」

梨惠子大吃一驚：「眞的嗎？」

「眞的。妳不記得了嗎？」

「完全不記得……」

「我也不是很清楚，妳說他們開車追妳。不，不是追妳，是追別的人嗎？」

儘管覺得好奇怪，教人發噱，但梨惠子還是非問不可：

「那輛車是天藍色的嗎？我有提到那輛車的顏色嗎？」

「不記得了耶。媽也不記得那麼多。」

梨惠子——母親換了副正經一些的口吻說。

「什麼？」

「妳有了喜歡的對象嗎？」

梨惠子語塞了一下。

「媽怎麼會這麼想？」

母親笑了：「因爲妳一直問以前的事啊。還把連自己都不記得的小時候挖出來。所以媽猜想應該是有了喜歡的對象，是那個人要妳說說妳的成長經歷之類的。」

「這猜測真有意思。」

梨惠子配合母親笑著，在內心回應「猜對了一半」，掛了電話。

當天晚上，梨惠子前往河野的事務所時，那個大平頭刑警又在那裡了。今晚他莫名熱情，用雙手握住梨惠子的手握手，彷彿認識十年的老友，同時粗獷的下巴線條鬆開來，露出有些擔心的表情說：

「前些日子失禮了。聽說妳去醫院檢查了？」

梨惠子點點頭。

「這樣啊。那太好了。」

大平頭刑警堆滿笑容，回望站在窗邊的河野：

「那我告辭了。」

河野雙手插在褲袋裡，稍微聳肩回應。

「拜啦，小姐。」

刑警開朗地說，大步往門口走去。途中他停下腳步，轉向梨惠子咧嘴一笑：

「小姐啊，這陣子我委託這傢伙蒐集有些棘手的情報。」

「這傢伙」是指河野。梨惠子咯咯一笑：「這樣嗎？」

「所以才會有點忙亂。我不是故意要打擾的。」

他突然閉起一隻眼睛，面容扭曲。梨惠子以爲眼睛進沙，但不是，刑警是對她眨眼。

「再見。」

梨惠子笑著對刑警的背影說，重新轉向河野。

「那位刑警先生其實人很好呢。」

「會嗎？」

河野站在窗邊。他叼著菸，以暮色將近的天空爲背景，稍微前屈地望著外面。總覺得老了許多。

整個被太陽曬褪了色的條紋窗簾就疊起來收在他旁邊。梨惠子說服自己是因爲這樣，才會讓他顯得形影單薄。

交給我的話，就可以換個漂亮一點的窗簾了，她想。要提議看看嗎？要不要換個窗簾？我知道一家品味很棒的家飾用品店——

她在腦中構思措詞。片刻之間，她沉迷於這個想像。好，就這麼說吧！她想到了不錯的說法，抬頭正準備出聲時——

瞬間，心臟停止了。只留下停止前一刻最後的輕點聲。

不見了。河野消失了。明明直到上一秒，他還悠哉地雙手插在褲袋站在窗邊的。

忽地低頭一看，梨惠子的腳下是一大片地毯。是她沒看過的、時尚的葡萄紫色、怎麼看都與這間事務所格格不入的地毯。踏上去的感覺既柔軟又厚實。絨毛很長，都蓋過腳尖了。

寒意從腳下直竄。梨惠子伸出一手扶牆，確定著觸感，先閉上眼睛，接著用力搖頭。張開眼睛的同時，她感覺到自己被人抓住了。瞬間她陷入恐慌，嚥下聲音就要逃離，接著總算發現抓住自己的是河野。

「又發作了？」

河野拉起她似地攙扶著問。

「我差點倒下去嗎？」

她問，河野點點頭。

「跟之前不一樣，感覺很奇怪。」

「怎樣奇怪？」

她不敢說「你不見了」，也不敢說「這裡變成我從來沒看過的地方」。因爲她總覺得這話非常不祥。

「沒事。」她露出笑容。雖然覺得唇角痙攣，但不用理會。笑吧。如此一來，這就會變成一件好笑的事。可以當成好笑的事帶過。

確定梨惠子不會倒下，河野才戰戰兢兢地放手。但她稍微一搖晃，又連忙抓住了她。

「妳先躺下吧。」

河野嚴厲地說，半攙扶地把梨惠子帶到沙發那裡。

在這個過程中，他的體溫傳遞過來。梨惠子把體重託付給他，他便牢牢支撐住。是具有實體的體溫。

眞傻，梨惠子。這個人不就好端端在這裡嗎？可以確實感受到他啊。他不就在這裡嗎？**不可能不見**。

梨惠子念咒似地如此喃喃著，然而另一方面，卻也覺得這樣的確認很快就會變得空虛。

就像野生動物能夠以肌膚感受到摻雜在南風中的暴風雨前兆，她覺得神經的最深處也預感到這一點了。因爲在人類早已退化的本能當中，唯有一串密碼仍碩果僅存，能夠識別出某個比死亡更可怕的事實：**自己將會與不可或缺、不願分離的人被活活拆散**。

然後梨惠子的直覺是對的。這件事成眞了。

只不過是以她意想不到的形式——

隔天。

梨惠子要到醫院聆聽精密檢查的結果報告。

如果能夠，她想和河野一起去。基於某些迂迴曲折、繞了一大圈又回到原處的複雜理由，梨惠子希望醫師可以檢查出異常。顳葉有陰影——這似乎就是原因呢。這樣啊，那需要動手術嗎？沒錯，交給我們吧，現代醫療技術已經很進步了，可以輕易治好的——她期望事情會像這樣發展。

那樣的話，她就可以有個果斷結論：啊，原來我是生病了。然後，雖然河野沒有說出口，但她感覺河野也如此期望。因此她才希望河野陪她一起聽醫師說明。兩個人比一個人好。只要兩人同心祈禱一件事，或許就可以把現實朝好的方向扭轉。

她很清楚河野並不是提出有薪假申請就可以休息的輕鬆身分，而且從那個大平頭刑警的話聽來，也可以想像他現在手頭的案子並不輕鬆。可是即使如此，她還是希望他能答應。

「那不是我能干涉的事。」

「我都這樣拜託你也不行嗎？」

「再說，醫生不會同意的。我又不是妳的監護人，沒道理在場。」

「我一個人很不安……」

「那，我看時間差不多了就去接妳。這樣總行了吧？」

河野提出妥協方案，接下來不管梨惠子再怎麼磨都沒用。結果她一個人離開了事務所。在門口回頭一看，河野甚至沒有看著她。他的視線微微下望，神情呆滯。是窗外射進來的光線使然嗎？太陽穴的白髮很顯眼。梨惠子砰一聲關上門。

到大醫院最教人難忍的，就是要在鬧哄哄的候診室裡等上老半天。來的應該都是病人，怎麼會吵成這樣？梨惠子靜靜坐上一個小時，頭開始痛起來。總算被叫進診間時，她覺得好像從籠子裡被放了出來。

結果沒有異常。

負責的醫師拿出X光片、病歷、電腦斷層影像等，誠懇詳盡地解釋。然後再次確定梨惠子主訴的自覺症狀。

「之前就只有發生像暈眩的不適而已。」梨惠子先這麼說，接著說明昨天遇到的症狀：看不見原本存在的東西，以及看見不存在的東西。

「很奇怪對吧？這種事有可能嗎？」

「在大腦裡面，任何事情都有可能發生。」

醫師說，翻起梨惠子的病歷。

「不過，現階段看不到內科方面的異常。這種情形，像我這種有良心的醫師會這麼說……」

梨惠子搶先說：「再暫時觀察看看，是嗎？」

醫師快活地笑了起來，深深點頭。「沒錯，沒錯。不要太鑽牛角尖了。」

結果醫生只開了輕微的精神安定劑，梨惠子就離開醫院。看看時鐘，過兩小時左右。

她走向門診專用停車場。或許河野已經來接她了。她急著過去。

醫院占地廣大，通道複雜，即使照著標示走，也遲遲找不到停車場。梨惠子好不容易在兩個出口當中，穿過看起來沒什麼人使用、上面釘了鐵絲網修補的金屬門，來到鋪混凝土的偌大停車場。

放眼望去，立刻就看到人了。剛到而已。梨惠子看見河野正從他灰色的轎車走下來，關上駕駛座的門。

他沒注意到這裡，朝正門的通行門走。臉也朝著那裡。梨惠子舉起雙手，大聲呼喚：

「河野先生！這邊！」

她揮手，踮起腳尖。

「這邊！這邊！」

他愈走愈遠了。他沒發現我嗎？沒聽見我嗎？

「不是那邊！我在這裡啊，偵探先生！**不可以去那裡！**」

這時，河野回過頭來了。那張臉充滿驚愕，就像冷不防被人重毆一記。

——怎麼了？

梨惠子納悶。同時，曾經在某處經歷過完全相同的事、彷彿時間重疊上來般的既視感湧上心頭。我曾經在某處做過跟現在完全一樣的事。

——不可以！不可以去那裡！

接著，那空白的發作席捲而來。

7

不管河野再怎麼全力衝過停車場，唯獨這次，也沒辦法趕在梨惠子倒地前抱住她吧。梨惠子先倒向旁邊的汽車引擎蓋，所以沒有嚴重撞到頭部和背部，但右手腕撞斷了。

傷勢本身並未嚴重到需要住院，但因爲才剛在精密檢查中被診斷無異常之後昏倒，醫師也感到不安吧，梨惠子被留院觀察一星期。

這段期間，在河野強力說服下，梨惠子勉爲其難地聯絡父母。母親大吃一驚，趕了過來，但梨惠子幾乎沒有說明她會骨折的理由。當然，她作的夢還有「發作」，也都絕口不提。在停車場昏倒，只說是貧血。

問題是河野。沒辦法向母親解釋這個人的身分。如果說出她僱用偵探，母親絕對會嚇到跳起來。梨惠子認爲多一事不如少一事。

然而河野卻說最好把一切都告訴她的母親，他的身分最好也說清楚。

「不可以。要是這樣做，我媽一定會把你開除。」

「就算被開除，我也沒什麼損失啊。」

這話讓梨惠子大受打擊。河野實在太無情了。

「你要拋下我嗎？」

河野笑了：「太誇張了。不是這樣的。只是我認爲妳還年輕，沒辦法一個人處理這麼嚴重的問題，所以才建議妳和母親商量比較好。然後我再繼續調查，這樣也無妨吧？」

梨惠子戒備起來：「我絕對不要。」

「爲什麼？」

「我媽不可能相信我。」

「連說都沒說，妳怎麼知道？」

「我就是知道！」

梨惠子忍不住大喊。躺在隔一張空床床位的年輕女病患嚇得從枕上抬起頭。

河野顧忌地朝那裡瞄了一眼，平靜地說：

「妳怎麼知道呢？不用這麼大聲，說給我聽。」

梨惠子想要好好傾吐堵在心口的想法，讓他瞭解。她不想失去理智。她絕對不要哭出來。可是愈是這麼想，話語就愈是枯竭，反而是淚水奪眶而出。

「——你都不在乎嗎？」

她好不容易咬牙說道。淚水滴滴答答落在醫院白色的被套上。
「在乎什麼？」
河野詢問的聲音從低垂的頭上傳來。
「妳在乎什麼？」
梨惠子抽噎地說：「就是我的夢裡，出現你記憶中的東西，對吧？就是這樣吧？然而你為什麼不肯關心我？為什麼要在途中拋棄我？」
說出這些，接下來就只能哭泣了。梨惠子咬住散發藥味的被單，只是一個勁地飲泣。
梨惠子連自己都很驚訝她居然有這樣的體力。她好像以單調的聲音哭了將近兩小時。她哭累了打起盹來，醒來的時候，坐在床邊摺疊椅上的河野告訴她哭了多久。
河野也一臉倦容。他拉來椅子，靠近按著哭腫的眼皮坐起來的梨惠子說：
「我不會在途中拋下妳的，放心吧。」
「眞的嗎？」
他默默點頭。
「你會繼續調查？」
河野再次深深點頭：「我會盡我所能。而且也不是沒有線索。」
梨惠子瞠目結舌。線索？他怎麼從來都沒有提過？

「再說……」河野面露淡淡的笑，接著說：「我也不是完全不關心。就是……妳和我到底是什麼關係。」

醫院停車場那件事半個月以後，梨惠子讓河野開車載她回到小時候住過的片橋市街。他說只要回到這裡，就可以解開謎團。然後，在空氣中瀰漫著初夏氣味的黃昏時分，梨惠子抵達片橋某個意識中已未留下半點兒時記憶的地點，在他的攙扶下下了車，抓著他的手臂站在那裡，接著明白了這話的意思。

就是那處十字路口。出現在夢中的那個地點。

「就是這裡……」

梨惠子環顧周圍。少了夢中看到的鮮明，有外牆黯淡且傾頹的木造公寓，以及被白得不健康的行道樹所圍繞的、平凡無奇的十字路口。

而且這個十字路口比夢裡看到的更要小上許多，也幾乎沒有汽車通行。只是聊備一格地裝設紅綠燈的小鎮十字路，甚至難以在地圖上成爲印記。

但是，確實就是這裡。不可能是別的地方了。淡化的記憶與現實的視覺連結在一起，澆上黏著劑，慢慢沁入心中。

在夢中看到的傾斜電線桿沒了。在這二十年的歲月中拆除了吧。但有著美麗籬笆、被鮮紅怒放的杜鵑花圍繞的房子還在原地。雖然建築物比夢中更老舊，但杜鵑花的紅豔麗得近乎刺眼。

現在像這樣看著的風景才是眞實的。夢境裡的十字路景象，就像是色彩經過微調的螢幕。是梨惠子的記憶播放器刻度有些失準了。

「二十年前，這前面的民宅發生了一起凶殘的強盜案。」

河野以沉靜的語氣說道。

「大概晚上十一點的時候吧。在那個年代，是人們剛要上床睡覺的時刻。一家四口遭到滅門。凶手是三名男子，其中兩人持有槍身截短的散彈槍。首要目的應該是爲了劫財，但似乎也是仇殺。」

梨惠子仰望他的臉：「你怎麼這麼清楚？」

「因爲我是涉案人之一。」

梨惠子沒有放開他的手，退開了一步，用看雕像般的眼神注視著他。河野也回視她。

「我那時候是警官。制服巡警。剛被派到這裡，才二十歲的黃毛小子。」

「在這裡？」

「對。雖然不是我出生的故鄉。」

十字路口一片寂靜。剛才有一對很像兄弟的男孩經過，稀罕地看著把車停在路肩，站著不動的這對男女。行人就只有他們而已。

「那些強盜犯就像我剛才說的，全副武裝。」河野接著說。「即使警官在場，單憑一兩個人，也不可能阻止他們行凶吧。」

「或許會反過來被殺。」

梨惠子縮起身子說。

「你不在場吧？」

她只能發出細語般的音量。

「還是在場？」

「我應該在場的。原本的話。」

河野低沉緩慢地說，抬起視線，投向十字路口對面馬路變窄，其中一側變成混凝土牆壁的方向。

「我從那條路騎過來，經過案發人家前面——這是規定的巡邏路線。時間也總是在差不多固定的時候，經過固定的地點。所以對照一看，其實我應該在案發時間，經過案發民宅前面才對。」

然而現實中，他並沒有經過。

「至於我人去哪裡了……」

他催促梨惠子過馬路，鑽進一條小徑，在左側混凝土牆壁的盡頭處停下腳步。

「我在這裡。」

他指示的地點，梨惠子有印象。是夢中自行車停放的地點。

那裡有一片低矮的灌木。一棟小巧的砂漿公寓，悄悄建在從馬路內縮一些的地方。

「我在這裡找人。找一個小女孩。」

「小女孩？」

河野點點頭。「一直有聲音在呼喚騎自行車巡邏的菜鳥巡警。是小女孩的聲音，說著：『不可以去那裡！這裡！過來這裡！』」

梨惠子怔住了。啊，是我的聲音。在夢中迴響，屬於我的聲音。幼時的——五歲的時候？

「用可愛的聲音，而且非常拚命地呼喚。我實在好奇得不得了，所以停下自行車，拿著手電筒，在這附近到處找，納悶那個叫我的小女孩到底躲在哪裡？」

這時，槍聲大作。

是我在空白的「發作」中聽見，那種像爆炸的聲音——梨惠子想。原來那是二十年前的深夜，震撼這個小地方的槍聲。

「驚慌失措的巡查找到現場趕去的時候，凶手們早已遠走高飛了。」

梨惠子也悟出情節了。

「凶手們用來逃逸的交通工具，就是天藍色的車子嗎？」

片刻之後河野答道：「對。是天藍色的、有木紋飾板的轎車。」

梨惠子閉上眼睛。天藍色的、夢中出現的那輛車——

「就這樣，年輕巡警讓歹徒們逃走了。但以結果來說，是他走運。萬一和歹徒們正面交鋒，他一定寡不敵眾，早已成為槍下亡魂。」

因為被小女孩叫住，撿回了一命……

「可是，你因為這樣就辭掉警職嗎？」

「不光是這樣而已。」河野笑道。是讓梨惠子安心，同時也讓她有些不安、讓人感覺到年齡差距的笑法。人生是很複雜的，小姐。

「被逼問在不到一百公尺外的地方發生凶殘強盜案時，你偏離巡邏路線，到底在做什麼時，我確實窮於回答。總不能說我被神祕的小女孩聲音引開了。至少作為公開發言，我不能這樣說。不過我會辭掉警職，原因不光是這樣。是因為種種理由，讓我明白了自己並不適合當警察。」

河野辭職後，進民間公司上班。那就是保險公司——

「就和我一開始告訴妳的一樣。我認為自己不適合追捕強盜和竊盜犯，但調查工作的話得心應手，所以找了這樣的工作。然後保險公司的調查部門錄取了我。」

河野說，他在那裡做了十五年，後來自立門戶，開了現在的事務所。
「因為我從以前就一直夢想要獨立開業。」
河野摸索口袋，掏出香菸點燃，就像被煙薰到似地瞇起了眼睛。
「長年來我一直感到匪夷所思。」他低聲說。「那個時候把我叫住的小女孩到底是誰？我一直以為這會是個一輩子的不解之謎。」
「那現在解開了嗎？」
「難道不是嗎？妳作的夢就是答案啊。」
我調查了一下，很快就恍然大悟了——河野沉穩地繼續說道。
「發生強盜案的那天晚上，就是妳在鬼門關徘徊的那個夜晚——一定是的。」
「這……」
「怎麼可能，是嗎？不，倒也不一定喔。調查的方法多得是。至少案發當時，妳們一家確實住在此地，這一點錯不了。」
這時梨惠子想起來了。想起母親的話。妳得了腦炎，是五月底的時候——
「是現在這時候吧？」她喃喃道。「現在這季節。五月底。對吧？不是嗎？」
河野點點頭說：「妳想起來了？」
即使回溯，記憶也沒有伴隨著影像回來。在高燒中沉睡的五歲自己——

也許是集中全副神經試圖想起來的時候，身體又開始搖晃不穩。河野伸手摟住梨惠子扶好她。

「當時我在這裡有個朋友，那個人有點——對，是個怪人，案發當時，他對百思不得其解的我說，那個小女孩是從其他次元來的。那時候我一笑置之。如今回想，或許真的被他說中了。」

河野的語氣變得隨性，這讓梨惠子聽了很悅耳。她正聽到離奇、教人一時難以置信的內容，然而大腦的某個部分、心中一隅，卻確實地感受到那份愉悅。

「那個人說什麼？」

梨惠子問道，仰望河野。河野一字一頓，就像在背誦艱澀的臺詞般，慢慢地說：

「他說，人在瀕死的時候，不僅是脫離自己的肉體，甚至可以超脫時間和空間。」

不知是信或不信，河野的嘴角微笑著。

「他說呼喚我的小女孩——也就是那晚五歲的妳，就是這樣。原本就要走向彼岸，靈魂卻飄到空中。他說脫離地上的狀態，換個說法就是擺脫一切的枷鎖，將世上發生的一切一覽無遺的狀態。就彷彿俯視著棋盤，所有人都成了棋子，可以一眼看盡每一個動作。」

然後她發現了——

「發現自己生活的地方即將發生駭人的事件，然後有個翅膀都還沒長硬的菜鳥巡警，即將毫不知情地飛蛾撲火……」

所以出聲呼喚他，阻止他過去。

「簡直太神奇了。」河野說。

「太離譜了。」梨惠子笑道。

「沒錯，教人難以相信。我也一直覺得這太扯了，可是……」

河野俯視梨惠子。

「妳來到我的事務所，說出妳的夢境，畫出天藍色的車子，還畫了自行車，目睹這些，我有些害怕起來。覺得搞不好、或許眞的就是……」

梨惠子理解了。覺得一切都說得通了。

果眞如此——她在心胸內側深刻品味地想。我對他果然是特別的。

河野接著說：「我重新調查案發當時的事，也聯絡了我那個老朋友，重提那時的事。」

結果那個朋友這樣說：

——那個小女孩果然做了不該做的事。因爲她憑一己之見，從高處俯瞰，改變了現實的安排。

他說，河野是應該在二十年前死去的人。梨惠子救了他，所以她現在的世界、現在的現實會不時出現錯位與空白。

「若是乘上時光機，改變過去發生的事，將會天翻地覆——妳也聽說過這樣的說法吧？但那不僅限於歷史性的重大事件而已。即使是個體人生再怎麼微不足道的小事，都是已經安排好的。即使有機會改變，也絕對不能實行。萬一這麼做，往後必定會嘗到惡果。會造成扭曲……」

所以才會出現空白。

「他說因爲妳救了我，妳從原本應該要走的人生道路不斷地偏離了。妳知道黑膠唱片嗎？讓唱片旋轉，把針放在上面，就會播放音樂。當唱片在旋轉的時候，比方說放上十圓硬幣，旋轉就會被打亂，播出來的音樂變得扭曲。他說我們人所生活的、注定好的時間軸，就和這是一樣的。」

不能添加任何一分，也不能拿掉任何一分。

因爲會改變現實。

「我才不信這種事。」

梨惠子說，用力搖頭。

「因爲太難以想像了嗎？」

「我現在就在這裡，你也在這裡，這樣就夠了。什麼你是早就應該死掉的人，我無法理解這種說法。」

重要的是我救了你啊！梨惠子想。所以我們兩個才能像這樣在這裡。

河野沒輙地拍了拍她的肩膀：「這樣嗎？」

「我們回去吧。」梨惠子小聲說。「我不想再待下去了。你說的我明白了。替我向你朋友問好。我建議他可以去寫小說。」

河野哈哈笑起來。好久沒聽到他笑出聲音了。

「那我們回去吧。我把車子開過來。妳在這裡等我。」

「嗯。」梨惠子點點頭，放開他的手。

這時——

不可以去！

遙遠的、沉眠的記憶在腦海深處喃喃細語。在那個十字路口，夢中的十字路口。從上方俯瞰著。

就宛如成了神。

當時被延後的代價，現在即將兌現了。

梨惠子就要叫出聲來。**等一下，我也一起去！不可以一個人去！**

因為你是二十年前應該死在這裡的人。因為時間之神——不，不是神，只是單純的規律、單純的法則——可是卻鐵血無情、絕不妥協的規律，一直靜靜在等待你重返此地。

準備把偏離正確位置、不知道被藏到哪裡的棋子，這次絕對要放回原位。

「河野先生！」

梨惠子大喊。

沒有回應。

梨惠子跑向十字路口。她不停跑，四處尋找河野的人影。

他不見了。哪裡都找不到人。不管是行道樹後面，或是屋簷底下。

連影子都沒有留下。

他再也沒有回到梨惠子身邊。

梨惠子覺得，相不相信是每個人的自由。

河野並不相信。他不是笑了嗎？早已注定的宿命？不容許更改？開什麼玩笑。

可是如果是假的，他怎麼會消失了？爲什麼怎麼樣都找不到他？

從此以後，和平和靜謐全都從梨惠子的生活消失了。盤踞在她心中的，只有疑問、焦躁及無從發洩的憤怒。

她也造訪了河野的事務所。然而５０３號室的地板鋪著時尚的葡萄紫地毯，他的事務所消失不見了。

「這裡從以前就是我們的事務所。」

出來應門的女職員指著看板說。「金田會計事務所」。

這下梨惠子就明白了。之前在河野事務所看到的那一閃而逝的幻影。那是在預見這個景象。二十年前被我撥弄而改變的現實，試圖回歸正軌。就像被擰絞的毛巾又會散開來那樣，試圖恢復成原本的形狀。那就是預兆。

所以那時候應該在那裡的河野身影才會消失不見。

梨惠子也找了轄區警方。大平頭的那名刑警確實真有其人。在擠滿和他外貌相似、熊腰虎背的男人們，必須扯開嗓門才能對話的刑警辦公室角落，他杵在原地，不當一回事地聽著梨惠子拚命訴說。他根本沒有當真。

他說他不認識梨惠子，也不認識叫什麼河野的私家偵探。偵探？小姐妳電影看太多啦。

「我說梨惠子小姐啊。」

大平頭刑警親暱地叫她的名字。

「妳啊，去看一下醫生比較好。妄想太嚴重啦。根本不正常。」

「我並沒有要你這種人相信。」

梨惠子堅持，結果刑警歪倒頭，就像在做舒緩肩頸痠痛的動作，發出呻吟般的聲音。

「眞傷腦筋。小姐，妳振作一點好嗎？好好張大眼睛，看清楚現實吧。」

「現實？」

「沒錯，現實。告訴妳，要是我遇到妳跑來說那種夢，然後說跟我有關係，緊抓著我不放，還坐在事務所前面不走，一樣會被搞到神經衰弱。」

「什麼意思？你想說什麼？」

「就是那個叫河野的人，因爲不知道要怎麼擺脫滿腦子妄想的妳，才編出那種小說似的情節，好擺脫妳的糾纏。一開始應該是同情妳，覺得就是年輕小姐的煩惱嘛，沒想太多就答應了。可是內容愈來愈脫離現實，又被妳勾勾纏，搞到他也不知道該怎麼辦才好了吧。他應該有自己的家庭要顧，也沒辦法整天奉陪妳這樣一個小姑娘。再說妳那些行動根本是妨礙營業了，他心裡一定叫苦連天吧。所以才跑啦。個人開業的調查員，是可以說走就走的。他把妳帶到那個叫片橋的地方，演了一齣戲，然後丟下妳跑掉了。妳可能時間感也混亂了，說到五月底，那已經是半個月前的事了。完全夠他遠走高飛了。」

梨惠子愣在原地，聆聽著周遭遙遠的喧鬧聲，自問：妄想？說我在妄想？

已經過了半個月？這麼久？

刑警見狀，表情不禁變得有些同情，接著說：

「妳自己不是也說了嗎？妳從以前就認識那個偵探。而且他還接過妳們公司的案子。妳就是在那個時候透過一些機會，得知了他的經歷和過去吧。然後妳把它們巧妙地編進妳的妄想裡面。妳把外面得到的資訊，跟腦袋裡想出來的情節攪在一起了。小姐，妳生病了。」

刑警安慰地，同時雙手拍了拍她的肩膀，就像要把她從辦公室裡推出去。

「妳拜訪那個河野的事務所那一刻，就跨過了正常和瘋狂的界線了。河野知道這一點，所以才勸妳去醫院，也找了妳爸媽。可是不管怎麼做都甩不掉妳，妳的妄想也愈來愈嚴重。所以他走投無路，只好搞失蹤了。」

刑警別有深意地清了清喉嚨。梨惠子感覺，他的眼神也像是在這麼說：

小姐，然後我這個人呢，只要被老交情的工作夥伴拜託，爲他撒一點小謊算不了什麼。所以我不認識什麼叫河野的人——

妄想？

這也是妄想嗎？

哪邊才是眞的？梨惠子恨恨地跺腳尋思。哪邊才是現實？哪邊才是對的？河野存在的世界嗎？還是沒有他的世界？

圍繞著梨惠子個人的生活沒有任何變化。醫院的掛號證也都還在。上司也拍著她的肩膀，說妳前陣子看起來不太好，不過又恢復健康了，太好了。骨折的手腕也還沒痊癒，母親擔心地打電話過來。

唯一不見的、少掉的，就只有河野修介這個人。

唯一的空缺。這下就皆大歡喜，注定好的命運會順順當當繼續前進……是這樣嗎？

可是，梨惠子覺得這樣是不對的。她哭天搶地、憤怒得要命，但在落入瘋狂深淵的前一刻煞住了腳，開始思考。

爲什麼五歲的我救了河野修介？爲什麼我叫住了他？

會不會是因爲那個時候，我的靈魂飄出半空中的時候，超越次元的框架，看見了沒有時間軸的時間，所以知道？知道他會在遙遠的將來、二十年後邂逅自己，成爲自己唯一珍惜的人。因爲不希望他死去，所以才叫住了他。

什麼命運不容改變，這是胡說八道。那樣的話，人也沒有活在世上的價值了。

怎麼辦？要怎麼做才能再把他找回來？

要往哪裡看才好？要拐過哪一個轉角，才能回到一度放手的他存在的次元、回到他活著經營事務所，站在那褪了色的窗簾旁邊俯視著窗外的那個時間軸所支配的世界？

她成功過一次。那麼一定還能再成功一次。梨惠子想。她一定要找到他。絕對要。只要鍥而不捨，睜大眼睛，或許會在某一天驀然回首的時候，看見那前屈的肩膀從梨惠子經過的街角向左拐去。若是看到，就追上去吧！非要追上他不可。

梨惠子立下決心，每一天都在尋尋覓覓。

同時她想：在找到他以前，或許我甚至無法死去。

解說 Waiting

在恐怖與推理間來回，用人性的執念，於我們心中遺留思考的可能性——談《遺留的殺意》

日文版發行於一九九二年九月的《遺留的殺意》，是宮部美幸的現代怪談短篇集，與相同類型的《千代子》相較，收錄在這本短篇集中的作品，大多則被賦予更明顯的推理元素，因此也讓我們得以窺見宮部創作生涯的早期，如何透過短篇來進行類型融合上的相關嘗試。

除此之外，《遺留的殺意》中的七則短篇，也有大多數均共享了「執念」這樣的主題，透過各自不同的角色個性與故事風格，最終則在黑暗、冷冽、幽默、溫暖等各種調性輪番登場下，就此展現出與人性執念有關的不同面相。

全書首篇的〈遺留的殺意〉是一篇令人印象深刻的作品，改寫了大家習以為常的公式，在我們以為會看到主角總算放下仇恨的光明結局之際，卻又忽然筆鋒一轉，就這麼讓角色執著不去的恨意化為透骨寒氣，自字裡行間滲進了我們心中。

值得注意的是，這篇小說末段突然出現的「未爆彈」相關情節，也讓這則故事的影射性質變得更為濃厚。

就發表時間來看，〈遺留的殺意〉最初發表於一九九一年五月，而就在那一年的一月，波斯灣戰爭開打，日本甚至還贊助了一千一百億日幣給歐美軍隊。這樣的時代背景，使〈遺留的殺意〉讀起來更加複雜，除了角色遺留在世上的殺意可以化為人形之姿展開報復以外，那些埋藏在校園底下的未爆彈，也同樣可以被視為戰爭時期遺留至今的另一種殺意，而主角最後的決定，則與宮部寫作當下的世界局勢產生呼應，使得未曾止息的復仇之心，就這麼和反覆發生的戰爭被劃上了一個奇妙等號，最終則讓這則短篇成為了既反映出人心，卻也折射出整個世界光景的幽微之作。

至於〈救命淵〉，則有點像是以邪教作為題材的恐怖故事變形版，小說裡針對「救命淵」這個地名來源提出的兩種解釋，其實也象徵了故事裡彼此對立的角色命運。

有趣的是，就故事內在來看，〈救命淵〉在懸疑詭異的情節下，暗藏的其實是一種隨處可見的家庭糾紛，爭執雙方各自擁有對於家庭完整性的堅持，同時也決定要與對方抗衡到底，忽略了中間仍有許多的轉圜空間。

更為特別的地方在於，若我們把重點放在「家庭關係」上，則會發現〈救命淵〉結局的另一層駭人之處——傳統觀點眼中的單身女性，只能擁有兩種宿命，要不孤單悲慘的死去，要不則是嫁做人婦。在這兩者間，彷彿再也沒有別的可能，甚至還不容女性自己做出抉擇。

加入我們以後，你自然就懂。像是這種堅信不疑的念頭，才是故事裡真正駭人的那座無底深淵。

第三篇的〈在我死後〉，是一篇相對溫暖許多的作品，故事結構有點像是狄更斯經典作品《小氣財神》的變形版，藉由主角瀨臨死亡的奇特經歷，逐漸揭露他的心理問題，並透過一個眞相大白的安排，使我們得知一切其實與他縈繞不去的罪惡感有關。

從這點來看，〈在我死後〉與〈遺留的殺意〉就故事而言，其實有點像是一體兩面的存在，兩者雖然具有類似的關鍵情節，但從不同的角度切入故事，最終也展現出了兩種不同的執念及結果。

如果說〈遺留的殺意〉是一股繼續朝著黑暗而去的寒意，那麼〈在我死後〉則是藉由瀨臨死亡的經過，爲幾乎已成執念的罪惡感送上最後一程，接著就這麼靈巧轉身，讓我們感受到了新生般的暖意。

全書中間點的〈在場的男子〉，就故事類型來看，是一篇在恐怖與推理之間不斷折返跑的有趣之作，透過彷彿日常推理的開頭，切入一則公司內部的鬧鬼傳聞，接著再從各個細節抽絲剝繭，得到了一個推理小說的結果，然後又由於意想不到的轉折，使那些看似合乎邏輯的推理失去了立論根基，把一切又推回了無解的恐怖之中。

在宮部筆下，這篇恐怖小說巧妙地維持一種清爽的調性，與其說恐怖，反倒是黑色幽默的部分更令人印象深刻。因此，若是在結局以前，〈在場的男子〉可以被視爲一篇日常推理的話，那麼在加上結局之後，以「日常恐怖」這個詞彙來形容這篇小說，或許也算是意外貼切吧。

接下來的〈耳語〉，則是一篇單純有趣的異色之作，調性有點像是影集《陰陽魔界》或漫畫《藤子・F・不二雄SF短篇完全版》裡的作品，以單一場景搭配三名角色，營造出一種輕快的懸念，可以說是最適合恐怖迷睡前讀上一篇的那類作品。

這篇小說所描述的，是一種亟欲脫離日常生活的渴求，勾勒出我們在一成不變的環境下待得太久，因此想要破壞規則，以求解脫的一種黑暗欲望。

雖然宮部以黑色幽默的調性撰寫這篇小說，但是那個俐落簡潔的結局，卻愈是深思就愈是可怕，甚至還會令人聯想到一些實際發生過的無差別殺人事件，也讓故事中的那些耳語究竟源自何方，成爲了一個在你心中縈繞不去的疑問。

第六篇的〈形影不離〉，則是一篇與愛有關的寓言，故事在看似輕鬆幽默的橋段中逐一安置伏筆，直到最後才藉由眞相的揭露，一口氣展現出小說想要描述的主題。

在幽靈君繪這邊，故事透過她最終附身到愛人身上的情節，表現出她對愛毫不保留的個性。但也正因如此，當她總算與對方「形影不離」以後，亦使她就連靈魂也不再獨立，就此送上了最後一絲的自我。

至於小說結局，主角想起君繪附身在自己身上時的相關描述，也就這麼成爲了一種對映般的存在，講出了一個我們在愛人的同時，也該以相同方式愛著自己，才能眞正懂得祝福與珍惜的結論。

全書壓軸的〈我唯一的他〉，曾在一九九二年改編爲日本單元劇《不可思議懸疑劇場》（不思議サスペンス）的其中一集，並由畠田理恵飾演主角。

這篇小說是一則推理性質濃厚的奇科幻作品，除了承繼〈形影不離〉的愛情主題外，也與〈遺留的殺意〉像是相互對應，藉由逐漸揭露的角色關連，使所有伏筆均在最後獲得了一個合乎故事邏輯的解釋，因此不管是用推理或奇科幻的角度來看，〈我唯一的他〉都是一篇令人心滿意足的精采之作。

有趣的是，宮部在本書的最後一篇裡，透過了開放式結局的安排，巧妙展現出執念誕生的那個瞬間，告訴我們執念既能把人推入黑暗，卻也可以成爲讓人繼續奮戰的動力來源。因此，執念這件事究竟是好是壞？宮部透過了〈我唯一的他〉的結局，就這麼在這本短篇集的最後，提供了我們另一個思考的可能性。

由於《遺留的殺意》是宮部較爲早期的作品，因此書中的短篇，也確實有部分不像她後來的作品那麼成熟洗煉。但正如開頭所言，這些作品其實可以算是宮部在類型融合上的一種嘗試及習作，因此對於宮部的書迷來說，能夠藉由這些短篇更加了解她的創作脈絡，本身也正是《遺留的殺意》之所以顯得如此珍貴的原因之一。

更別說除此之外，《遺留的殺意》是一部足夠好看的短篇集。在讀完這些與執念有關的故事後會在我們心中遺留一股奇妙情緒，忍不住思考起自己藏有哪些執念，而那些執念對我們的人生來說又究竟是好是壞。

於是，那些思考，或許就這麼成爲了無數《遺留的殺意》書外的第八篇故事，由讀完全書的我們，在內心各自補上屬於自己的版本。

作者簡介

Waiting

本名劉韋廷，曾獲某文學獎，譯有某些小說，曾爲某流行媒體總編輯，近日常以「出前一廷」之名於部分媒體撰寫電影相關文章。個人ＦＢ粉絲頁：史蒂芬金銀銅鐵席格。

宮部美幸

作品集 / 74

Miyabe Miyuki

遺留的殺意

國家圖書館出版品預行編目資料

遺留的殺意 / 宮部美幸著；王華懋譯. - 初版.- 臺北市：獨步文化：家庭傳媒城邦分公司發行, 民 110.10
面；　公分. --（宮部美幸作品集：74）
譯自：とり残されて
ISBN 9789865580902（平裝）
9789865580919（EPUB）
861.57　　110013966

原著書名 / とり残されて・作者 / 宮部美幸・翻譯 / 王華懋・責任編輯 / 詹凱婷・校對協力 / 許瀞云・行銷業務部 / 徐慧芬、陳紫晴・編輯總監 / 劉麗眞・總經理 / 陳逸瑛・榮譽社長 / 詹宏志・發行人 / 凃玉雲・出版 / 獨步文化 城邦文化事業股份有限公司 台北市中山區104民生東路二段141號5樓 電話 / (02) 2500-7696 傳眞 / (02) 2500-1966, 2500-1967・發行 / 英屬蓋曼群島商家庭傳媒股份有限公司城邦分公司 台北市中山區民生東路二段 141 號 11 樓・讀者服務專線 / (02)2500-7718; 2500-7719・服務時間 / 週一至週五：09：30-12：00、13：30-17：00・24小時傳眞服務 / (02)2500-1990; 2500-1991・讀者服務信箱 e-mail / service@readingclub.com.tw・劃撥帳號 / 19863813 書虫股份有限公司・香港發行所 / 城邦（香港）出版集團有限公司 香港灣仔駱克道 193 號東超商業中心 1 樓 / (852) 25086231 傳眞 / (852) 25789337 E-mail / hkcite@biznetvigator.com 馬新發行所 / 城邦（馬新）出版集團 Cite (M) Sdn. Bhd. 41, Jalan Radin Anum, Bandar Baru Sri Petaling,57000 Kuala Lumpur, Malaysia. 電話 / (603) 90578822 傳眞 / (603) 90576622・封面設計 / 蕭旭芳・排版 / 游淑萍・印刷 / 中原造像股份有限公司・2021 年（民 110）10月初版・定價 / 399 元
Printed in Taiwan　ISBN 9789865580902（平裝）9789865580919（EPUB）

城邦讀書花園
www.cite.com.tw

獨步文化
APEX PRESS

廣　告　回　函
北區郵政管理登記證
台北廣字第000791號
郵資已付，免貼郵票

104台北市民生東路二段 141 號 2 樓

英屬蓋曼群島商家庭傳媒股份有限公司

城邦分公司

請沿虛線對摺，謝謝！

獨步文化
APEX PRESS

書號：1UA074	**書名**：遺留的殺意	**編碼**：

獨步文化 APEX PRESS

讀者回函卡

謝謝您購買我們出版的書籍！

請費心填寫此回函卡，我們將不定期寄上城邦集團最新的出版訊息。

姓名：＿＿＿＿＿＿＿＿ 性別：☐男 ☐女

生日：西元＿＿＿年＿＿＿月＿＿＿日

地址：＿＿＿＿＿＿＿＿

聯絡電話：＿＿＿＿＿＿ 傳真：＿＿＿＿＿＿

E-mail：＿＿＿＿＿＿＿＿

學歷：☐1.小學 ☐2.國中 ☐3.高中 ☐4.大專 ☐5.研究所以上

職業：☐1.學生 ☐2.軍公教 ☐3.服務 ☐4.金融 ☐5.製造 ☐6.資訊
☐7.傳播 ☐8.自由業 ☐9.農漁牧 ☐10.家管 ☐11.退休
☐12.其他＿＿＿＿＿＿

您從何種方式得知本書消息？

☐1.書店 ☐2.網路 ☐3.報紙 ☐4.雜誌 ☐5.廣播 ☐6.電視
☐7.親友推薦 ☐8.其他＿＿＿＿＿＿

您通常以何種方式購書？

☐1.書店 ☐2.網路 ☐3.傳真訂購 ☐4.郵局劃撥 ☐5.其他

您喜歡閱讀哪些類別的書籍？

☐1.財經商業 ☐2.自然科學 ☐3.歷史 ☐4.法律 ☐5.文學
☐6.休閒旅遊 ☐7.小說 ☐8.人物傳記 ☐9.生活、勵志 ☐10.其他

對我們的建議：＿＿＿＿＿＿＿＿

＿＿＿＿＿＿＿＿

＿＿＿＿＿＿＿＿

為提供訂購、行銷、客戶管理或其他合於營業登記項目或章程所定業務需要之目的，家庭傳媒集團（即英屬蓋曼群島商家庭傳媒股份有限公司城邦分公司、城邦文化事業股份有限公司、書虫股份有限公司、墨刻出版股份有限公司、城邦原創股份有限公司），於本集團之營運期間及地區內，將以mail、傳真、電話、簡訊、郵寄或其他公告方式利用您提供之資料（資料類別：C001、C002、C003、C011等）。利用對象除本集團外，亦可能包括相關服務的協力機構。如您有依個資法第三條或其他需服務之處，得洽詢本公司服務信箱cite_apexpress@cite.com.tw請求協助。相關資料不提供亦不影響您的權益。

☐我已詳讀權利義務之相關條款，並同意遵守。

請於此處用膠水黏貼

宮部みゆき